KB114625

연기의 신

GOD OF ACTING

PRODUCTION

DIRECTOR

CAMERA

DATE   SCENE   TAKE

연기의 신 7

서산화 장편소설

초판 1쇄 찍은 날 § 2016년 7월 7일
초판 1쇄 펴낸 날 § 2016년 7월 14일

지은이 § 서산화
펴낸이 § 서경석

편집책임 § 조현우

펴낸곳 § 도서출판 청어람
등록번호 § 제387-1999-000006호
등록일자 § 1999. 5. 31
어람번호 § 제1-2474호

주소 § 경기도 부천시 원미구 부일로 483번길 40 서경B/D 3F (우) 14640
전화 § 032-656-4452 팩스 § 032-656-4453
http://www.chungeoram.com
E-mail § chungeorambook@daum.net

ISBN 979-11-04-90880-4 04810
ISBN 979-11-04-90645-9 (세트)

연기의 신

FUSION FANTASTIC STORY

서산화 장편소설

7

[완결]

GOD OF ACTING

PRODUCTION

DIRECTOR

CAMERA

DATE | SCENE | TAKE

도서출판 청어람

연기의 신

FUSION FANTASTIC STORY

GOD OF ACTING

PRODUCTION
DIRECTOR
CAMERA

| DATE | SCENE | TAKE |

목차

1장

각자의 길

축제가 있은 다음 날, 이도원은 늦잠을 잤다. 일 년에 한 번 있을까 말까 한 일이었다. 평소 바쁜 일정 속에서도 그는 오전 7시를 넘겨 기상하는 일이 없었다. 습관이 돼서 몇 시에 자든 매일 비슷한 시간에 눈을 뜨는 것이다.

'열두 시.'

이도원은 시계를 보던 눈길을 천장으로 돌렸다. 호텔 창문 너머로 들어온 햇볕이 얼굴을 어루만지고 있었다.

"미쳤네."

그는 피식 웃으며 중얼거렸다. 늦게 일어난 자신에게 던지는 질책이었다.

거실에서 인기척을 들은 이진빈이 문전에 들어서서 대신 변명했다.

"너무 곤히 잠들어 계셔서 깨우지 않았어요."

이도원은 일어나지 않고 고개를 돌리며 물었다.

"오늘 일정은?"

그에 이진빈이 손목시계를 확인하며 대답했다.

"오후 한 시에 줄리아 패닝과 점심 약속 겸 미팅이 잡혀 있습니다. 오후 다섯 시에 영화 관계자들 앞에서 오디션을 보실 거고요. 아홉 시에는 〈아스라이〉 배우들과 저녁 약속이 돼 있습니다."

"한 시 점심 약속, 아홉 시 저녁 약속 모두 꼬맹이랑 같이 먹게 생겼네."

"저녁 약속이야 친목도모 목적이지만 점심 약속은 백 엔터테인먼트 계약에 관한 미팅입니다."

그만큼 중요한 약속이란 의미였다.

줄리아 패닝은 〈아스라이〉가 개봉한 뒤 드라마를 촬영하며 인지도를 넓혀나갔다. 지금은 이도원과 비교해도 우열을 가리기 힘들 정도로 핫한 아역 스타로 자리매김한 상태인 것이다. 그런 할리우드 유망주를 백 엔터테인먼트 미국 지사에서 섭외한다면, 미국 시장 개척이라는 무모한 도전의 전망도 밝아질 수 있었다.

그럼에도 이도원은 조급해하거나 마음 졸이지 않았다.

"에이전트에게 연락해서 점심 약속 시간을 한 시간만 뒤로 미룰 수 있는지 물어봐. 양해가 구해지면 미루도록 하고."

이진빈이 얼떨떨한 표정으로 물었다.

"알겠습니다. 그런데 형, 왜 미루시는지… 만약 일정 변동이 가능하다고 하면 설명해 줘야 할 것 같아서요."

이도원은 침대에서 몸을 일으키며 대수롭지 않게 답했다.

"아침 트레이닝이 있다고 전해줘."

뜻밖의 대답에 이진빈은 입을 벌릴 수밖에 없었다.

"설마 아침마다 하시는 훈련 때문에요?"

"응, 나한테는 무엇보다 중요한 일이다. 내 불찰로 벌어진 일이니 꼬마한테는 따로 사과할 생각이야. 단, 일정 지연이 힘들다고 하면 굳이 강요하진 말고."

이도원의 말을 들은 이진빈은 고개를 끄덕였다. 자신이 감 놔라 배 놔라 할 입장도 아닐뿐더러 그쪽에서 괜찮다고 할 경우 문제될 건 없었다.

게다가 이진빈은 이도원의 결정에 무조건적인 신뢰를 보내는 편이었다.

'뭔가 깊은 뜻이 있으시겠지.'

그는 이도원이 여러 어려움 속에서 대담한 결단으로 돌파구를 마련하는 것을 여러 번 봤기에, 굳이 캐묻지 않아도 믿음을 가질 수 있었다.

그러거나 말거나 정작 당사자인 이도원은 상의 탈의를 하고 여유롭게 스트레칭을 하며 물었다.

"계속 부담스럽게 지켜보고 있을 거야? 지루할 텐데."

화들짝 정신을 차린 이진빈이 고개를 흔들며 대답했다.

"아, 아니에요. 그쪽 에이전트한테는 제가 연락해 두겠습니다. 제 예상으로는 아마 오케이해 줄 것 같아요."

*   *   *

이진빈의 예상대로 줄리아 패닝 측에서는 별말 없이 일정 지연을 허락해 주었다. 그 결과 이도원은 오후 두 시로 미팅 시간을 옮길 수 있었다. 점심 약속 장소는 이도원이 묵고 있는 호텔 1층 레스토랑이었다.

이도원과 이진빈은 먼저 내려가 자리를 잡았다. 그리고 머지않아 줄리아 패닝과 에이전트가 호텔 로비로 들어서서 두 사람을 발견했다.

오랜만에 만난 자리라 그런지 줄리아 패닝은 이도원을 전처럼 대하지 못하고 머쓱한 얼굴로 마주했다. 조금 부끄러워하는 그녀를 대신해 에이전트가 악수를 청하며 입을 열었다.

"줄리아 양에게 이야기는 많이 들었습니다. 제가 이도원 대표님께 연락을 드린 것도 그녀의 의견을 반영했기 때문입니다. 물론 대표님이 배우로서, 줄리아에게 좋은 귀감이 되어주실 수 있는 분이라는 것은 저 역시도 동의합니다. 〈하트평선〉도 잘 보았습니다."

이도원은 빙긋 웃으며 손을 맞잡고 대답했다.

"감사합니다. 그럼 오늘은 배우로서의 모습보다, 에이전트로서의 모습을 보여드려야겠네요."

"그렇습니다, 이해가 빠르시군요."

그 뒤로 네 사람이 마주 앉았다.

모두 착석하자, 이도원이 줄리아 패닝에게 인사를 건넸다.

"오랜만이네, 잘 지냈어?"

줄리아 패닝은 부끄러운 듯 얼굴에 홍조를 띠며 서먹한 말투로 대답했다.

"네, 좋았어요. 잘 지내셨죠?"

고개를 끄덕인 이도원이 씨익 웃었다. 그는 다음으로 에이전트를 응시한 채로 말했다.

"그럼 저희 쪽에서 준비한 패를 먼저 보여드리죠."

그 말에 따라 이진빈이 계약 내용이 명시된 계약서와 회사 포트폴리오를 함께 건네주었다.

이도원은 해당 자료들을 에이전트에게 전하고 설명을 시작했다.

"회사 운영은 할리우드 시스템을 따라갑니다. 일단 초반에는 전속 계약이 아닌 건 당 계약으로 진행할 생각입니다. 작품 당 커미션을 받는 대가로 계약 및 트레이닝의 모든 부분을 책임질 겁니다."

배우가 에이전트의 도움 없이 규모가 큰 영화나 광고에 들어가기는 힘들었다. 해서 그 징검다리 역할을 해주며, 모든 계약을 배우에게 유리한 조건으로 만들어주는 것이 바로 에이전트의 가장 큰 필요 가치였다. 지금 현재 줄리아 패닝의 에이전트를 하고 있는 남자 역시 그래서 이곳에 와 있는 것이다. 그는 날카로운 눈빛으로 계약서를 훑으며 물었다.

"줄리아 양이 바라는 가장 큰 점은 '계약'이 아닌 '트레이닝'에 있습니다. 그녀는 트레이닝을 대표님께 직접 받고 싶어 해요. 그것이 이번 협상의 키포인트가 될 겁니다."

이도원은 뜻밖에 선선히 고개를 끄덕였다.

"계약서에 명시돼 있다시피 주 2회는 무조건 제가 직접 트레이닝을 전담하게 될 겁니다. 그 외에도 시간이 허락하는 한 제가 지도를 하겠지만 상황이 여의치 않다면, 제 연기 스승님께서 트레이닝을 맡아주실 계획입니다."

에이전트는 계약서상에 명시된 트레이닝 담당자란의 이름을 읽었다.

"신용운?"

그는 놀란 표정으로 이도원에게 물었다.

"잘 알고 있는 분입니다. 대표님이 순회공연을 하셨던 이 년 동안 극단의 연출을 맡으셨던 분이 아닙니까?"

"꽤 자세히 알고 계시는군요."

오히려 이도원이 당황스러웠다. 하지만 당사자만 모르고 있을 뿐, 〈하트 평션〉 후 그는 생각 이상으로 조명받고 있는 상황이었다.

하물며 대상이 이쪽 업계 사정에 밝은 프리랜서 에이전트라면 알고 있을 수밖에 없는 정보들인 것이다. 에이전트는 너털웃음을 터뜨리며 그 점에 대해 인지시켜 주었다.

"지나치게 겸손하시군요. 생각보다 많은 사람들이, 대표님에 대해 생각보다 큰 관심을 기울이고 있습니다. 대표님이 주인공으로 참여했던 연극은 뒤늦게 각광을 받아 연일 매진을 기록하고 있죠. 설마 지난 2주 동안 유랑극단 '백'이 거둔 실적이 우연이라고 생각하시는 겁니까?"

그 질문을 들은 이도원은 조금 민망해졌다.

촬영이 끝난 직후 잦은 행사에 불려 다니고, 한국으로부터 날아온 보고들을 처리하느라 미처 극단 쪽은 전혀 신경을 쓰지 못하고 있었던 참이었다.

'할 일은 많고, 사람은 적고.'

이진빈은 미안한 표정을 짓고 있었지만 그의 책임이 아니었다. 이진빈 역시 이도원을 도와 눈코 뜰 새 없는 일정과 업무를 소화하고 있는 것이다. 타지 생활만 해도 힘들 법한데 일반적인 매니저와는 차원이 다른 양의 일들을 쳐내고 있었다. 일심동체인 배우가 부지런하니 매니저도 부지런해야 했다.

잠깐 생각에 빠졌던 이도원은 에이전트를 보며 살짝 미소 지었다.

"말씀하신 유랑극단이 저희 미국 지사에 소속된 극단인 것은 맞지만 독립적인 활동을 하고 있습니다. 말씀하신 신용운 선생님이 극단을 이끌고 계시죠. 줄리가 우리 백 엔터테인먼트를 선택한다면 처음에는 연극 무대에서 연기자의 소양을 쌓아갈 겁니다. 저나 신용운 선생님 모두 무대야말로 배우의 생명수라고 생각하고 있거든요."

에이전트는 신중한 얼굴로 고개를 끄덕였다.

한편 줄리아 패닝은 눈을 반짝반짝 빛내고 있었다. 그녀는 어려운 내용에는 관심이 없었다. 따라서 별다른 말을 하고 있진 않았지만 이도원의 한마디 한마디에 귀를 기울이고 있었다. 그리고 모처럼 입을 열었다.

"저도 무대 연기를 못 하는 배우는 반쪽짜리라고 생각하고 있어요. 영화나 방송 활동 때문에 자주 나가진 못하지만, 그래도 전 학교 연극부예요."

이도원은 엄지를 추켜세웠다.

"잘하고 있구나."

그때 생각에 잠겨 있던 에이전트가 말했다.

"계약서 내용을 줄리아 양과 상의해 본 후 말씀드리죠."

"예, 그러시죠."

두 사람은 악수를 나눴다.

이도원이 미련 없이 줄리아 패닝과 못 다한 해후를 나누려 하는 순간, 에이전트가 다시 입을 열었다.

"그리고 잠시 이야기 좀."

고개를 끄덕인 이도원은 식사 자리를 정리하고 일어났다. 그 후 줄리아 패닝과 이진빈을 남겨둔 두 사람은 식당 복도로 나갔다.

"무슨 일이시죠?"

이도원이 묻자 에이전트가 목소리를 낮추며 말했다.

"줄리아 양은 마음이 기운 것 같더군요. 아시다시피 줄리아 양이 백 엔터테인먼트와 계약을 하게 되면 저는 고객을 잃게 됩니다."

틀린 말은 아니었다.

잠시 생각하던 이도원이 물었다.

"전 에이전트의 사명감으로서 이 자리에 계시다고 생각했습니다. 배우가 좋은 계약 조건에 원하는 방향으로 갈 수 있게

끔 길잡이를 해주는 것 말입니다. 어쨌든, 그래서요?"

에이전트는 말을 듣고 얼굴이 빨개졌지만, 창피한 기분을 이겨내고 자신이 원하는 바를 요구했다.

"당신의 순수한 생각을 망치고 싶진 않습니다. 하지만 할리우드가 오로지 돈으로 굴러간다는 것 역시 현실입니다. 그리고 나는 현실적인 사람이죠. 난 당신에게 줄리아 패닝 양을 넘겨주는 대가를 지불받아야겠습니다."

이도원은 고개를 저으며 침착하게 대답했다.

"줄리아는 당신과 전속 계약을 한 게 아니죠. 그러니 줄리아는 당신만의 배우가 아닙니다. 그러니 그녀에게는 언제나 떠날 수 있는 자유가 있고요. 넘겨준다는 말은 지금 상황에 어울리지 않습니다. 난 모든 것을 줄리아 패닝의 의지에 맡겼어요. 그녀를 넘겨받는 게 아니란 뜻입니다."

끝으로 갈수록 말투에 힘이 실렸다.

에이전트는 이도원이 또박또박 경고하듯 뱉는 음성에 절로 압도됐다. 그러나 생계가 달린 에이전트 역시 쉽게는 물러설 수 없는 입장이었다.

"관례라는 게 있습니다. 상도덕이라는 것이 있고요. 법으로 정해지진 않았지만 업계의 질서라는 게 있어요. 당신이 이걸 어기게 된다면, 앞으로 곤욕스러운 일이 생길 겁니다."

그 말을 듣고 피식 웃은 이도원은 고개를 저었다.

"에이전트로서 말하겠습니다. 우리는 배우의 수입에 기대 돈을 법니다. 그 때문에 에이전트는 자신의 역할을 다해야 하죠. 일하는 동안만큼은 순수한 마음으로 자신이 담당한 배우를 위해야 합니다. 그리고 지금 당신이 할 일은 줄리아 패닝이 원하는 것을 이룰 수 있도록 도와주는 일입니다. 제게 뭘 얻어낼까 하는 고민이 아니라, 그녀를 위한 최선이 무엇일까 고민하는 길이란 말입니다."

그 말에 에이전트는 한없이 작아지는 기분이 들었다. 비참하게 일그러진 표정의 에이전트를 똑바로 직시하며, 이도원이 말을 마쳤다.

"난 당신에게 줄 게 아무것도 없습니다."

줄리아 패닝과 헤어진 이도원은 오디션을 보기 위해 영화 배급사 '라이온 킹'으로 갔다. 비즈니스 룸 안에는 제임스 윌리스 감독과 앤 로버츠, 영화 투자자들이 먼저 도착해 있었다.

이윽고 이도원이 들어서자 제임스 윌리스 감독은 그를 투자자들에게 소개했다.

"이제는 다들 들어보셨을 겁니다. 〈하트펑션〉에서 '로건 리' 역할로 주목받은 한국 배우 이도원입니다."

투자자들은 화색을 띤 얼굴로 박수를 보냈다. 그전까지 어딜 가든 경계 섞인 시선이 꼭 끼어 있었는데, 이제야 사심 없는 환영을 받게 된 것이다.

이도원은 새삼 감개무량한 기분이 들었다.

'나름대로 눈치 보지 않는다고 생각해왔는데… 그렇지만도
않았던 건가?'

만약 정말 주위의 시선을 아예 신경 쓰지 않았다면 지금
느끼는 감격을 설명할 수 없다. 결국 괜찮은 척해 왔을 뿐, 이
도원 역시 사회적 동물이고, 사람이었던 것이다.

찰나의 감정을 놓치지 않은 제임스 윌리스 감독은 흐뭇한
표정을 지었다.

'그래, 먼 타지에서 마음고생이 심했겠지.'

그는 이어서 생각했다.

'하지만 이젠 날개를 펼 때다.'

제임스 윌리스 감독은 이도원이 〈하트펑션〉 때처럼, 단 한
번 주어진 기회를 날려 버리지 않을 배우라는 것을 믿고 있었
다. 그가 보기에 이도원은 신뢰받을 자격이 있는 배우였기 때
문이다. 그래서 판을 깔아주기로 했고, 지금 이 자리에 이도원
이 서 있을 수 있게 된 것이다.

제임스 윌리스 감독은 생색내지 않고 이도원을 향해 입을
열었다.

"굳이 내가 오디션을 주최한 건 이 자리의 모든 분들이 자
네의 연기력을 직접 보고 안심하실 수 있도록 하려는 목적도

있지만, 실은 더 중요한 이유가 있네."

투자자들이 일제히 제임스 윌리스 감독에게로 고개를 돌렸다. 궁금한 표정을 짓는 그들을 외면하며 제임스 윌리스 감독이 설명을 덧붙였다.

"장외에서 함께 싸워줄 투자자들에게도 자네 연기를 직접 볼 수 있는 기회를 주고 싶었네. 스크린으로만 본다면 분명 실제로 보고 싶어질 테니까 말이야."

그 말에 투자자 중 한 노신사가 웃으며 답했다.

"안 그래도 〈하트펑션〉을 보고 이도원이란 배우가 궁금하던 참이었지. 나도 지금껏 백 개가 넘는 작품에 투자를 하고 있는 사람으로서, 배우를 고르는 안목은 제법 갖추었다고 자부하고 있다네."

말하는 내용으로 봤을 때 노신사는 배우 캐스팅 명단을 좌지우지할 만큼 어마어마한 재력을 가진 자본가가 분명했다.

순간, 재롱 잔치에 불려간 광대가 된 느낌이 들었던 이도원은 생각을 바꾸었다. 제임스 윌리스 감독이 이쪽 업계를 쥐락펴락하는 이들 앞에서 기량을 펼칠 기회를 줬다는 생각이 들었기 때문이다.

'하지만 왜 하필 내게…….'

이도원은 궁금해하던 것을 멈췄다.

제임스 윌리스 푸른 눈동자 속에 반짝이는 불씨는 바로 호기심이고 기대감이었다. 그는 마치 상영관에 앉아 영화 시작을 기다리는 관객 같은 표정을 짓고 있었던 것이다.

"자… 그럼."

짝 소리가 나도록 박수를 친 제임스 윌리스 감독이 손바닥을 마주 비비며 흥미진진하게 말했다.

"어떤 연기든 좋습니다, 준비되면 시작해 주시죠."

이도원은 고개를 끄덕이며 눈을 감았다.

그는 오디션을 보러 오는 동안 대여섯 가지의 역할을 떠올리고 중얼중얼 연습했다. 장전된 총알처럼 언제든 보여줄 수 있는 연기들이 준비돼 있었다. 분명 그중 하나를 선택해서 보여주려 했는데, 한순간에 생각이 송두리째 바뀌었다.

'새로운 인물을 연기한다.'

머릿속에 정형화된 모든 캐릭터를 지웠다.

둥둥 떠다니던 동선과 대사도 잊었다.

잡념을 내보낸 이도원은 심신을 비웠다.

완벽하다고 생각할 만큼 몸에 밴 연기를 하고 싶지 않았다. 익숙해지고 몸에 배게 되는 순간 이미 그 연기는 불완전해지기 때문이다.

대신 이도원은 바로 어제 전달받고, 차 안에서 잠깐 읽어보았던 이번 영화의 시나리오를 떠올렸다.

'본능에 맡긴다.'

인물 분석이나 상황 분석은 끝났다. 대사도 이미 숙지한 상태였다.

하지만 원래 하려던 익숙한 캐릭터보다 불안한 마음이 드는 건 어쩔 수 없었다. 바로 이 두려움과 불완전성이, 이도원에게 흥분을 안겨주는 감정들이었다.

두근, 두근.

심장이 뛴다.

이도원은 자신이 먼저 스스로 연기에 흥분하고 즐겨야만 관객을 열광시키는 연기를 할 수 있다고 믿었다. 자신과 같은 색깔의 감정으로 모든 객석을 물들인다는 것은 기적이었고, 한계를 뛰어넘는 초월적인 힘이 필요한 일이었다.

"준비가 오래 걸리는군."

제임스 윌리스 감독의 말이 떨어지기 무섭게 이도원이 눈을 번쩍 떴다.

순간 제임스 윌리스 감독이 상반신을 뒤로 젖혔다. 한순간 기에서 밀린 것이다.

'뭐······.'

수십 년 영화판을 전전하면서도 끄떡없던 노장이 흔들렸다. 이도원은 그만큼 섬뜩한 안광을 뿜고 있었다.

편안한 마음으로 지켜보려던 투자자들 역시 막 시식하려던 물고기가 활어(活魚)가 되어 튀어 오른 것처럼 화들짝 놀랐다.

바라보는 것만으로 실내의 공기를 바꾼 이도원이 입을 열었다.

"난 이번 한 주 동안, 집보다 더 오랜 시간을 이곳에서 보냈습니다. 지난 십 년 동안 쭉 이 빌어먹을 건물을 벗어났던 적이 별로 없단 말입니다, 제기랄!"

그는 정면에 앉은 사람들의 면면을 훑으며 물었다.

"그런데 뭐요? 나한테 이럴 수 있는 겁니까?"

이도원은 침착하려 애쓰고 있었지만 떨리는 음성만은 어쩌지 못했다. 한순간에 자신의 모든 것이 담긴 직장을 잃은 사람이 느끼는 허탈하고 억울한 감정이 목소리에 숨어 고스란히 전달됐다.

그때 시기적절하게 끼어든 제임스 월리스 감독이 침착하게 호흡을 맞췄다.

"미안하네, 미스터 리. 자네도 알다시피 우린 자네를 중용해 왔네. 자네가 동양인이라는 것도 능력을 평가하는 데 아무런 장애가 되지 않았어. 하지만 이건 전혀 다른 이야기일세. 사정은 딱하게 됐지만, 우리 입장도 이해를 해줬으면 좋겠군."

제임스 월리스 감독은 기억력이 퇴색된 나이임에도 불구하고 직접 쓴 대본을 통째로 달달 외고 있었다. 콧등에 걸린 동그란 안경 너머로 응시하는 눈빛을 느끼며, 이도원이 대사를 쳤다.

"전 변호삽니다. 동성애는 제 일을 하는 데 아무런 장애가 안 됩니다. 그건 지금까지도 그랬고, 앞으로도 그럴 겁니다."

"물론 동성애는 문제가 안 되네, 문제는……."

말끝을 흐린 제임스 윌리스 감독이 한숨을 쉬며 손가락을 흔들었다.

"그것들일세, 자네가 앓고 있는 병."

씩씩 거리던 이도원의 호흡이 수그러들었다. 그는 충격을 받은 듯 손을 덜덜 떨면서도, 애써 침착한 어조를 유지하며 물었다.

"언제부터 알고 있었습니까? 모두들… 그동안 쉬쉬했던 겁니까? 제가 눈치채지 못하도록?"

이도원이 느끼는 배신감이 표정으로 드러났다.

그에 제임스 윌리스 감독이 답했다.

"이미 일주일 전부터 소문이 돌고 있었네. 자네 나름대로 화장으로 가렸다지만 가까이서 보면 티가 나지 않나? 자네 나이에 그런 반점이 흔하게 생기진 않으니까 말이야. 그동안 우리 경영진 측도 많은 회의를 거쳐보고, 심사숙고해서 내린 결정일세. 그러니 이제 그만 자네도 받아들여 줬으면 좋겠군."

이도원은 손으로 입을 가리고 미간을 찌푸리며, 시선을 투자자들의 무릎 언저리쯤으로 내렸다. 울음을 참는 표정을 짓고 서 있던 그가 기침을 뱉어내더니 입을 열었다.

"모두 계획된 거였군요."

이도원의 음성 안에 억눌린 배신감이 꾹꾹 담겨 있었다. 그는 머릿속이 하얗게 변할 정도로 화가 난 상태로 접어들며 퍼부었다.

"더 좋은 사건을 준다고 승진을 핑계로 유혹한 것도, 진행하던 사건을 다른 사람에게 넘기도록 유도한 거였어요. 저를 쫓아내려고 모두가 머리를 모았군요. 간사한 인간들!"

그다음 천장으로 시선을 돌리며 물었다.

"왜죠? 눈이 마주치는 것만으로 에이즈가 전염된답니까?"

이 순간 그를 바라보는 모두의 머릿속에는 나직한 감탄이 흘렀다.

'잘하는군.'

확실히 이도원의 연기는 호소력이 짙었다. 또한 연기에 들어가며 뿜어낸 카리스마도 인상적이었다. 그러나 유일하게, 제임스 윌리스 감독이 보기에는 무언가 부족했다.

'진짜는 아직이야.'

그는 바짝 마른 입술을 축이며 대사를 받아줬다.

"옛정을 봐서 이렇게까지 말하기 싫었네만, 우리 이성적으로 생각하자고. 함께 일하는 동료들과 우리 회사를 보고 찾아오는 의뢰인들의 입장도 좀 생각해보게. 맙소사, 에이즈 걸린 동성애자가 대표 변호사라니! 소문이 나면 우리 회사는 폐업하게 될지도 몰라. 법을 다루는 업계가 오히려 얼마나 보수적인지, 자네도 잘 알지 않나?"

이도원은 눈을 질끈 감은 채 싸늘한 음성으로 말했다.

"고소할 겁니다."

그가 번쩍 눈을 뜨고 도장 찍듯이 면면을 각인했다.

"난 얼마 전까지 이곳에서 가장 유능한 변호사였죠. 당신들은 오늘 날 부당 해고한 것을 뼈저리게 후회할 겁니다."

대사가 끝나고 이도원이 몸을 돌려 세 걸음 걸었다.

그걸로 연기는 끝났지만 자리의 투자자들 전부 시선을 떼지 못했다.

다만 제임스 윌리스 감독은 여전히 고개를 갸웃했다.

'내가 도원의 연기에 적응이 된 건가?'

그로서는 〈하트펄션〉에서 느꼈던 전율을 느낄 수 없었기에 다소 찜찜하고 아쉬운 마음이 들었던 것이다.

이도원을 처음 본 투자자들은 찬사를 쏟아내고 있었다.

"딱 한 장면만으로 관객을 이해시켰습니다."

"아직 시나리오를 본 적도 없는데 당신이 연기하는 캐릭터가 어떤 성격인지, 어떤 상황인지 모두 눈에 선하군요."

사람들의 시선이 자연스레 제임스 윌리스 감독에게 향했다. 이 자리를 직접 주선한 그가 어떤 평을 할지 이목이 집중된 것이다. 그럼에도 곰곰이 생각에 잠긴 채 묵묵부답인 그에게,

앤 로버츠가 말했다.

"제임스, 도원은 어제 대본과 시나리오를 전달받았어요. 제가 직접 자료를 배부했거든요. 그가 연습할 시간은 만 하루도 채 안 됐었다는 뜻이죠."

제임스 윌리스가 손가락을 딱! 소리 나게 부딪혔다.

"그거였어."

"예?"

앤 로버츠가 묻자 그는 빙그레 웃었다.

"찜찜했던 의문이 해소되는군."

윌리스 감독은 비로소 속 시원한 표정을 지었다.

대본과 시나리오를 연구하는 데 24시간도 주어지지 않았다고 가정하면, 이도원은 괴물이 맞다. 그리고 그가 생각하는 이도원은 연기 괴물이다.

'그래, 이래야지.'

심지어 언론에서도 괴물 신인 배우가 등장했다고 떠들어대지 않는가?

드디어 기다리던 전율이 쫙 돌았다. 제임스 윌리스 감독은 전신을 타고 퍼져나가는 기분 좋은 감각을 만끽하며 천천히 입을 열었다.

"지금 막 우리 조연출이 얘기하더군요. 우리 눈앞에 있는 배우가 보여준 무시무시한 연기는 대본을 받고 딱 하루 연습한 결과라고 말입니다."

옆에 앉은 투자자들은 입을 반쯤 벌렸다. 그들은 약속한 듯 놀란 표정으로 목석처럼 굳어버렸다.

"그게 사실입니까? 방금 본 완숙한 연기가 연습 하루짜리였다고요?"

"제임스, 농담이 지나친 것 같군요. 대사를 외우기도 부족한 시간에 어떻게 인물의 감정을 모두 이해하고 완성해낼 수 있단 말입니까?"

제임스 윌리스 감독이 안경을 벗고 선글라스로 바꿔 쓰며 대답했다.

"간혹 상식을 벗어난 예술인들을 두고 우리는 말합니다, 천재라고요."

그는 자리에서 일어나며 앤 로버츠에게 속삭였다.

"투자 금액을 늘리고 싶다는 요청이 쏟아질 거야. 모두 원하는 만큼 늘려주게. 또 도원의 장래를 보고 미리 광고 계약을 쓰려는 투자자들이 있을 거야. 도원이 원한다면 영화 촬영 일정을 조정해서라도 시간 확보를 해주게."

앤 로버츠는 심장이 내려앉을 정도로 놀랐다.

할리우드에서도 손에 꼽는 명장으로 불리는 제임스 윌리스 감독의 영화 스케줄이 이도원 위주로 돌아가게 된다는 것. 이런 조건은 감독들이 꿈에 그리던 대배우를 초빙할 때에나 쓰는 수단이었다.

아니, 그보다 더 큰 문제는 투자 금액의 확장이었다.

"영화의 손익분기점을 넘기가 더 힘들어질 텐데……."

앤 로버츠는 말끝을 흐렸다.

그녀에게 왼쪽 눈을 찡긋한 제임스 윌리스 감독이 어깨를 두드리며 덧붙였다.

"결과는 실력에 달렸네. 자신과 동료를 믿고 두려워 말게. 받은 만큼 쓰면 돼. 우리는 투자 금액이 늘어나는 만큼 제작비도 늘릴 걸세. 길을 정했다면 달리는 일만 남은 거야."

앤 로버츠는 흔들리는 눈빛으로 되물었다.

"정말… 괜찮으시겠어요?"

그에 제임스 윌리스 감독이 고개를 끄덕였다.

"무엇보다 난 이도원이라는 카드가 먹힐 거라고 보고 있어. 잭팟이 터질 게 확실한 게임이라면 판을 키워야 하지 않겠나?"

이도원은 쏟아지는 극찬을 받고 민망한 표정을 짓고 있었다. 이어서 그는 제임스 윌리스 감독과 앤 로버츠가 귓속말을 나누는 모습을 보며 고개를 갸웃했다.

'무슨 얘기를 하는 거지?'

일어나 있던 제임스 윌리스 감독이 이윽고 상황을 정리했다.

"모두 만족한 것 같아서 기쁩니다. 도원은 잠시 저와 대화 좀 할 수 있을까요?"

"예, 감독님."

이도원이 대답을 들은 제임스 윌리스 감독은 고개를 끄덕이고 비즈니스 룸을 나서며 말했다.

"이곳에서 말고, 요 앞 커피숍으로 갑시다."

그 말대로 머지않아 두 사람을 곧 커피숍에 마주 앉아 있게 됐다. 간단한 브런치와 커피를 주문한 후, 제임스 윌리스 감독이 입을 열었다.

"이제부터 상황이 조금 바뀔 걸세. 자세한 내용은 모든 상황이 결정되면 앤을 통해 들을 수 있을 거야."

"상황이라면, 어떤 상황을 말씀하시는 건가요?"

"계약 내용이 조금 수정될 거네, 자네에게 유리한 쪽으로."

이도원은 깊이 묻지 않았다. 제임스 윌리스 감독의 말대로 그건 앤 로버츠에게 들으면 될 터였다. 지금 할 대화는 따로 있었다.

"절 따로 보자고 하신 이유를 알고 싶습니다."

"용건만 간단히 말해달라는 뜻으로 알아듣겠네."

선글라스를 벗으며 한쪽 눈을 찡긋한 제임스 윌리스 감독이 대답을 이어갔다.

"단도직입적으로 말하지. 자네 원톱이었던 이번 영화를 투톱으로 가고 싶네."

제임스 윌리스 감독의 입에서 나온 말은 민감한 문제였다. 따라서 이도원은 신중한 얼굴로 침착하게 물었다.

"이유를 알고 싶습니다."

제임스 윌리스 감독은 생각을 정리한 끝에 다시 말문을 열었다.

"이번 영화에 승부를 걸어볼 생각이네. 판을 키울 수 있는 데까지 키워서 터뜨릴 생각이야. 그러려면 원톱보다 투톱이 좋겠지."

그에 이도원이 조심스레 되물었다.

"왜 그렇게까지 하시려는 겁니까? 지금도 충분히 잘 짜인 각본이라고 생각하는데요."

"솔직하게 말하면 이건 내 개인적인 욕심이기도 하네."

제임스 윌리스 감독은 쓸쓸한 미소를 띠며 말을 이었다.

"필요하다면 내 각본을 통째로 수정하는 것도 감수할 생각이네. 나는 그만큼 강한 욕망을 느끼고 있어. 평생을 적은 예산으로 영화를 찍어왔지만, 한 번쯤은 수억 달러짜리 대작을 해보고 싶다는 생각을 하고 있었지. 지금이 그 기회일세."

그의 말 속에서 의문점을 느낀 이도원이 질문했다.

"투자자들이 줄을 섰는데, 감독님 정도면 언제든 그런 작품을 하실 수 있는 것 아닙니까?"

제임스 윌리스 감독이 고개를 저었다.

"억지로 수천만 달러짜리 영화를 만들어 볼 수는 있겠지. 하지만 지금껏 내 머릿속에선 내가 만든 영화가 흥행할 거라는 확신이 든 적이 없었네. 그런데 드디어 이번에야말로 전혀 다른 느낌을 받았어. 얼마를 투자받든 손익분기점을 넘길 수 있다는 자신감이 든단 말일세. 생각만 해도 벅차오르는 짜릿한 기대감이지."

그는 몹시 흥분한 듯 홍조까지 띠며 말을 이었다.

"내가 지금까지 확신을 얻은 배우는 둘이네. 한 친구는 흑인이었고, 또 한 친구는 동양인이지. 이 두 사람이라면 각본이 가진 매력 이상으로 폭발시켜 줄 거라는 믿음이 들어. 흑인 친구는 바로 덴 하디, 그리고 동양인 친구는 자네일세. 이 두 사람을 투톱으로 세울 생각이야."

덴 하디는 전설적인 인물이었다. 백 편에 가까운 필모그래피를 가진, 쉬지 않고 일하는 흑인 배우였다. 그가 전설이 된 이유는 백 편의 영화 중 망한 영화가 없다는 점 때문이다. 과반수가 큰 성공을 거둔 작품이었다. 또한 데뷔작을 포함해 삼십 편이 넘는 작품을 제임스 윌리스 감독과 해온 배우기도 했다.

이도원 역시 두 사람이 함께 있는 사진들을 인터넷이나 잡지를 통해 여러 번 보고 동경해 왔던 경험이 있었다.

"제가 선망하던 이상적인 감독과 배우의 관계였습니다."

그 말에 피식 웃은 제임스 윌리스가 대답했다.

"실제로 함께 있는 모습을 보면 환상이 깨질 걸세. 우리도 여느 늙은이들과 비슷하거든. 친근한 사람일수록 고약해지지."

"덴 하디와 투톱으로 나올 수 있다니, 제게는 너무 값진 경험일 겁니다."

이도원은 말을 하면서도 심장이 두근두근 뛰는 것을 느꼈다. 천하의 이도원이라도 이름이 자자한 할리우드 배우들에게 조차 연기의 신이라고 불리는 덴 하디와 연기하기에 앞서 긴장이 되는 건 어쩔 수 없는 것이다.

그 심정을 짐작한 제임스 윌리스가 물었다.

"이미 원톱이 아닌 투톱으로 가고 싶다는 내 제안을 승낙한 것 같군. 그렇게 받아들여도 되겠나?"

"상대 배우가 덴 하디라면, 물론입니다."

고개를 끄덕인 제임스 윌리스는 씨익 웃었다.

"그럼 그렇게 결정하고, 현장에서 보도록 하지."

*　　　　*　　　　*

이도원은 현장으로 향하며 대본을 눈에서 떼지 못하고 있었다. 운전을 하던 이진빈조차 긴장감이 전염될 만큼 차 안이 답답한 공기로 가득 찬 상태였다.

"형이 덴 하디랑 함께 투톱으로 연기하시는 날이 오다니… 정말 소름 돋습니다. 대한민국에 살고 있는 사람 중 누가 상상이나 했겠습니까?"

눈에 들어오지 않는 대본을 내린 이도원이 되물었다.

"내가 정말 설레는 일이 뭔 줄 알아?"

그는 대답을 기다리지 않고 덧붙였다.

"어려서부터 금요 영화가 하는 날이면 텔레비전 앞에 앉아 화면 유리가 닳도록 보았던 할리우드 영화, 그 속에서나 존재하던 별나라, 달나라 사람들과 같은 꿈을 꾸고 있다는 사실이야."

이진빈은 룸미러로 이도원의 얼굴을 보며 답했다.

"덴 하디가 아니었군요."

"그래."

이도원은 고개를 끄덕였다.

"덴 하디랑 연기한다는 것이 날 짜릿하게 만드는 게 아니다. 내가 비로소 그들과 한자리에 서게 됐다는 사실이 날 흥분케 만드는 것뿐이야."

그 말을 들은 이진빈은 무언가 다르다는 것을 느꼈다. 이도원과 함께 대화를 나누며 매번 새롭고 놀라운 경험을 하게 되고, 그때마다 생각에도 영향을 받아왔던 이진빈은 이 순간을 놓칠 새라 집요하게 물었다.

"형님도 덴 하디를 동경하시죠?"

"동경하지."

이도원은 순순하게 대답했다.

"덴 하디뿐만 아니라 제임스 윌리스 감독도 내 우상이었다. 그들의 영화를 볼 때마다 감탄을 연발했고 밤잠을 설쳤으니까. 그렇다고 해서 주체가 내가 아닌, 내가 동경하는 그들이 돼버리면… 내가 어떻게 그들과 호흡을 맞추고 함께 작업할 수 있겠어?"

그는 창밖으로 고개를 돌리며 덧붙여 말했다.

"그들은 최고지만, 나 역시 최고라고 믿는다."

말을 하면서도 이도원은 마음을 다잡았다. 자신이 특별하다는 믿음을 잃는 순간, 정말로 평범해질 것이기 때문에. 주체성을 잃는 순간, 들러리가 된다는 사실을 알고 있기 때문이다.

창밖을 바라보는 그의 옆모습을 보며 이진빈은 속이 시큰거렸다.

'강하다.'

보면 볼수록 이도원은 단단한 의지를 가진 사람이었다. 그렇지 않고는 안주하는 대신 새로운 도전을 할 수 없었을 것이다.

또한 한 치 앞도 모르는 타지에서 살아남지 못했을 터였다. 어떤 상황 속에서든 자신의 길을 개척할 수 있는 모습이 멋져 보였다.

"형님."

이끌리듯 그를 부른 이진빈이 말을 이었다.

"전 쭉 형 매니저 할래요, 버리지 말아주십시오."

이도원이 피식 웃으며 물었다.

"뭐가 좋다고? 고생은 고생대로 하고, 연봉도 짠데."

"생계비만 나오면 연봉이 중요합니까?"

눈을 반짝이며 질문한 이진빈이 덧붙였다.

"제가 일을 하면서 행복한지, 보람을 느끼는지가 중요하죠. 결혼도 이런 제 직업을 이해해 주고 사랑해 주는 여자랑 할 겁니다."

이도원은 고개를 끄덕이며 중얼거렸다.

"그게 맞겠지?"

마음속에 차지은이 떠올랐다. 매번 그녀를 외롭게 만드는 게 마음에 걸렸다. 아직은 꿈이 더 소중했고, 그렇기에 차지은의 마음을 받아줄 수 없었다.

눈치 빠른 이진빈이 물었다.

"차지은 씨 때문에 그러시죠?"

"내가 너무 내 생각만 하는 것 같아서."

"혹시 신경 쓰이고, 가슴이 욱신욱신하십니까?"

이도원이 놀란 표정을 지었다.

"그런 건 또 어떻게 알아? 귀신이네."

"그거, 형님이 차지은 씨를 좋아하시는 겁니다."

이진빈의 말을 들은 이도원이 대답했다.

"안다."

"예?"

"안다고."

이도원은 말을 이었다.

"언제까지고 이런 상태로 질질 끌 수는 없다. 차지은 화보 촬영 일정 한번 알아봐. 영화 촬영 일정과 겹치면 이대로 돌려보내게 될 수도 있으니까… 그렇게 되지 않도록."

"알겠습니다."

이진빈은 룸 미러로 그를 보며 이어 물었다.

"그런데 어떻게 하실 생각인지 여쭤도 될까요? 가까운 동생이자 매니저로서 말입니다."

한 십 분 정도 대답 없이 곰곰이 생각에 잠겨 있던 이도원이 입을 열었다.

"이해를 부탁해 볼 생각이다."

*　　　　*　　　　*

한편 덴 하디는 자신의 저택에서 제임스 윌리스 감독과 아침 식사를 하고 있었다. 식사를 마치면 바로 함께 촬영장으로 갈 계획이었다.

덴 하디는 느긋하게 식사를 들며 물었다.

"자네 부탁이라서 휴식기를 깨고 출연을 결정하긴 했네만… 그 꼬마가 자네 삼십 년의 세월을 바로잡을 정도로 대단한가?"

190센티미터에 달하는 거구의 흑인은 잘생긴 외모를 갖고 있었다. 나이가 들어도 죽지 않는 도전적인 눈빛이 인상적이었다.

제임스 윌리스 감독이 고개를 들며 빙그레 웃었다.

"엄살 부리지 말게. 데뷔 후부터 쭉 매년 세 편씩 해 왔잖아? 올해에는 아직 두 편밖에 계약 안 했고."

그에 덴 하디가 나직이 한숨을 쉬며 대답했다.

"자네, 삼십 년 전 열정을 되찾은 것처럼 말썽을 부렸더군. 대체 그 많은 투자자들을 어떻게 감당하려는 건가? 원래 무모했다면 몰라도, 자네는 평생 무리하지 않았던 사람이야."

"그래서 늦게나마 해보려고 하네. 자네가 도와줘서 아주 기분이 좋군. 그러니 이 기분을 망치지 말게. 만날 때마다 다투는 건 그만할 때도 됐잖은가?"

제임스 윌리스가 잔소리 말라는 식으로 말했지만, 덴 하디는 그만둘 생각이 없는지 다시 같은 화제를 꺼냈다.

"우리는 노련한 실력과 여유를 얻은 대신 참신한 발상과 열정을 잃었네. 어느새 우리의 방식은 대중에게 익숙해진 만큼 틀에 박혔어. 그걸 부정하려는 건가?"

"빌어먹을."

욕지거리를 뱉은 제임스 윌리스 감독이 식기를 내려두며 대답했다.

"정말 입맛 떨어지는군. 자네는 그를 본 적도 없잖아?"

"〈아스라이〉라는 영화는 봤네. 하지만 그 정도로는 부족해. 정말 그 꼬마가 자네 인생을 건 작품의 주연을 책임질 역량이 된다고 여기는 건가?"

덴 하디도 식기를 내려놓으며 말했다.

"자네도 알다시피 투톱은 연기력이 중요해. 배우 간의 밸런스가 필요하고, 적은 분량으로 캐릭터에 대해 충분한 설명과 표현을 해줘야 하니까. 직설적으로 말하면 이대로 갔다간 영화가 무너질 수도 있다는 의미일세. 그 친구의 캐릭터 자체도 어렵고 복잡할뿐더러 분량까지 적어. 감당하기 쉽지 않은 배역이네."

그 말을 들은 제임스 윌리스 감독은 한쪽 입꼬리를 올리며 보란 듯이 이죽거렸다.

"잘난 체하는 건 여전하군. 〈아스라이〉 말고 〈하트펑션〉을 보게. 아니, 그전에 직접 보는 게 먼저겠어. 만약 오늘 그 친구를 보고도 자네가 지금 같은 헛소리를 지껄여댄다면 이번 영화를 접겠네, 약속하지."

오후 세 시, 이도원은 현장으로 갔다. 예정된 촬영 시간보다 한 시간 일찍 도착한 것이다. 그리고 머지않아 덴 하디와 제임스 윌리스 감독이 탄 차량이 현장으로 들어섰다.

"드디어 올 것이 왔네요."

이진빈이 들뜬 목소리로 말을 걸었다.

트레일러에서 대본을 보고 있던 이도원은 차에서 내리는 두 사람을 보고 빙긋 웃었다.

"그럼 인사하러 가볼까."

그는 한마디를 남기고 두 사람에게 다가갔다.

마침 그를 발견한 제임스 윌리스 감독이 화색을 띠었다.

"오, 도원! 잘 지냈나?"

이도원이 고개를 살짝 숙여 보이고는 짧게 눈을 빛냈다.

"좋은 아침이에요, 감독님. 감독님께 이야기 많이 들었습니다, 덴."

이도원은 덴 하디가 현장에 들어서는 순간 묵직한 존재감을 느꼈던 기억이 났다. 그는 노인인데도 불구하고 강인한 사내의 분위기를 물씬 풍겼다.

"나 역시 제임스에게 이야기를 많이 들었소."

중저음의 발성만 들어도 내공의 깊이를 짐작할 수 있었다.

두 사람이 시선을 맞추는 걸 보던 제임스 윌리스 감독이 말을 꺼냈다.

"어서 둘이 연기하는 모습을 보고 싶어지는군."

스태프들이 각종 장비를 테스트하며 대기하고 있었다.

그들을 대표해서 다가온 앤 로버츠가 제임스 윌리스 감독에게 귓속말을 건넸다.

"준비됐어요, 제임스."

제임스 윌리스 감독이 씨익 웃으며 이도원과 덴 하디를 바라보고 말했다.

"그럼 숏 들어가자고."

*   *   *

오늘 촬영할 장면은 이도원이 라이벌인 덴 하디를 찾아가 자신의 변호를 부탁하는 장면이었다.

또한 촬영 장소는 덴 하디가 맡은 극중 인물인 '덴젤 워싱턴'의 변호사 사무실이었다.

촬영이 시작되기 전, 제임스 윌리스 감독이 다가와서 격려

했다.

"평소 자네가 하던 대로 하면 돼."

그는 이도원이 덴 하디의 명성이 주는 중압감에 짓눌리진 않을까 걱정하고 있었다. 제아무리 뛰어난 천재라도 하늘같은 상대와 연기하는 부담감은 극복하기 힘든 종류인 것이다. 이런 경우 한순간 작아지기 시작하면 실력 발휘를 전혀 못하는 상황이 발생하고는 했다.

물론 이도원은 걱정과는 반대로 부담을 즐기고 있었다.

"평소대로. 명심하겠습니다."

조금 떨어진 곳에서 그 모습을 지켜보는 한 사람이 있었다. 무심코 보고 있는 것 같지만, 덴 하디는 속으로 놀라고 있었다.

'그냥 꼬마는 아니란 건가?'

괜찮은 척할 수는 있겠지만 자신의 눈까지 속일 수는 없었다. 그는 수많은 현장을 경험했고, 수많은 배우들을 봐 왔기 때문이다.

그런데 이도원은 정말로 이 상황을 즐기고 있었다. 오히려 덴 하디에게 흥미진진한 눈빛을 보내고 있는데, 단순한 객기로 느껴지지 않았다.

'묵직한 녀석이야.'

내심 생각한 덴 하디는 자신의 역할로 관심을 돌렸다. 촬영이 시작되면 그가 신경 써야 할 건 오로지 배역뿐이었다.

한편 무심코 덴 하디를 바라본 이도원 역시 고개를 돌리며 신경을 껐다.

'내 관심사는 오직 극의 상대뿐.'

이도원은 대본을 치웠다.

내용은 완벽히 숙지했으니 이제 상대의 대사와 감정을 온전히 받아들이고, 정확하게 대답해 주는 것에 집중해야 할 때다.

제임스 윌리스 감독 곁에서 두 사람을 훔쳐보던 앤 로버츠가 고개를 절레절레 저으며 감탄했다.

"두 사람이 같이 있으니까 분위기가 장난 아니네요."

"앤, 자네 생각도 그런가?"

제임스 윌리스 감독이 흡족하게 웃으며 말을 이었다.

"난 진심으로 놀라는 중일세. 내로라하는 할리우드 톱배우조차 줄줄이 기죽이는 덴 하디에게 조금도 위축되지 않는 배우가 있다니, 어떤 연기를 보여줄지 흥분되지 않나?"

그렇게 물은 제임스 윌리스 감독은 어서 연기를 보고 싶은 듯 스태프들과 신호를 주고받았다. 이윽고 준비가 모두 끝난 것이 확인되자 그가 입을 열었다.

"카메라, 롤."

여러 대의 카메라가 작동하며 책상머리의 덴 하디와, 마주

앉은 이도원을 각각 화면에 담았다.

모니터로 각 구도의 장면을 검토한 제임스 월리스 감독이 이어 배우들에게 지시했다.

"레디, 액션!"

이도원은 다리를 꼬고 앉아 덴 하디를 빤히 보았다.

흔들림 없는 시선을 받고 있던 덴 하디는 골치 아픈 표정으로 안경을 벗으며 물었다.

"오늘 아침 해가 서쪽에서 떴나?"

그는 말을 이었다.

"젊은 영웅께서 이곳에는 웬일이지?"

이도원은 입가에 미소를 띠며 대답했다.

"아직 살아 계신지 보러 왔습니다."

"우리가 그렇게 친한 사이였던가?"

물은 덴 하디는 등을 젖혀 의자에 편히 기대며 말했다.

"잘나가는 로펌의 대표 변호사께서 이 누추한 곳을 찾았다면 그만한 이유가 있겠지. 하지만 난 이유가 조금도 궁금하지 않네. 그러니 어서 할 말을 끝내고 나가줬으면 좋겠군."

이도원이 창밖으로 고개를 돌렸다. 불안한 눈빛만 봐도 그가 복잡한 심경으로 할 말을 찾고 있음을 알 수 있었다. 이어서 그는 고민 끝에 입을 열었다.

"근래에 저는 부당 해고를 당했습니다. 최고의 로펌을 상대

로 싸워줄 변호사를 찾다 보니 떠오르는 얼굴이 당신뿐이더
군요."

뜻밖의 소식을 들은 덴 하디는 일순 놀란 낯빛을 내비쳤지
만, 언제 그랬냐는 듯 감쪽같이 지우며 대답했다.

"그렇다면 잘못 찾아왔군. 난 자네를 변호해 줄 생각이 전
혀 없으니까 말이야. 우리의 인연은 하버드로 끝냈으면 좋겠
네. 할 말 다 했으면 그만 나가주겠나?"

이도원은 창밖에 머물던 시선을 돌렸다. 그는 덴 하디를 똑
바로 응시하며 어렵게 입을 뗐다.

"당신도 내가 부당 해고를 당했다고 했을 때 이미 짐작했
겠죠. 당신의 짐작대로 내 얼굴에 있는 이 반점들은 에이즈
의 증상입니다. 그게 내가 수년간 기여해온 직장에서 하루아
침에 해고된 이유고요. 당신이 정말로 부당한 처우를 받은 사
람들을 돕는 인권 변호사를 자처한다면, 사람이 아닌 사안을
보고 변호해야 하는 것 아닙니까?"

그 신랄한 어조에 덴 하디가 눈살을 찌푸렸다.

"날 가르치는 건가? 한때 자네를 제자로 뒀던 과오를 내세
워 공경받길 원하진 않지만, 그렇다고 충고를 듣고 싶지도 않
네. 모욕적이거든."

"토라진 일곱 살짜리 아이 같군요! 늙으면 애가 된다는 말
이 사실인가 봅니다."

이도원은 입술을 깨물고 맹렬하게 비난했다.

덴 하디는 그에게 시선을 떼지 않고 크게 비서의 이름을 불렀다.

"줄리!"

여비서가 문을 들고 들어서자 덴 하디가 말했다.

"손님 나가실 겁니다."

이도원은 분노한 표정으로 일어나며 말했다.

"제가 잘못 찾아온 것 같군요. 언제나 약자의 편인 것처럼 위선을 부리면서 정작 필요한 사람을 외면하는 것이 당신이 말한 공정한 변호사입니까? 전 기업의 변호인으로서 교수님과 싸웠던 것뿐입니다."

덴 하디는 몹시 불쾌한 듯 눈을 가늘게 좁혀 뜨면서도 입가에 살짝 맺힌 웃음까지 지우지는 않았다. 그리고 흥분하는 대신 침착한 어조로 응수했다.

"예나 지금이나 자신의 입장에서 편한 쪽으로 해석하는 버릇은 그대로군. 필요에 의해서만 사람을 찾는 것도 마찬가지고. 난 법조인으로서 자네를 좋은 변호사라고 생각하지 않기 때문에 자네가 복직하는 것도 원치 않네."

이도원은 사무실 문 앞까지 내몰린 상태로, 나가기 전 일침을 가했다.

"가슴에 손을 얹고 과거를 돌아보십시오. 당신은 강의 때마다 입버릇처럼 말했죠. 사람이 아닌 죄를 보라고. 교수님의 말씀대로면 제가 어떤 사람이든, 교수님은 저를 변호해 주셔야 합니다. 제가 회사로부터 부당한 해고를 당한 것은 명백한 사실이니까요."

이내 지갑에서 명함을 꺼내 책상 위에 올려둔 이도원이 사무실을 떠났다.

그와 동시에 두 사람의 대화가 오가는 현장을 모니터를 통해 지켜보던 제임스 윌리스 감독이 사인을 보냈다.

"컷! 오케이."

제임스 윌리스 감독은 등을 젖히며 숨을 뱉었다.

"하, 숨 쉬었나?"

곁에 있던 앤 로버츠가 도리질 쳤다.

"아뇨."

그에 제임스 윌리스 감독이 피식 웃으며 대답했다.

"어찌 보면 일상적인 대화인데도 심장을 쪼그라들게 만들 수 있다니, 신기하지?"

앤 로버츠가 고개를 끄덕이며 동조했다.

"그런 배우들이 잘 없어서 더 놀라워요. 효과 없이 현장을 직접 보면 시시한 배우들이 대부분이니까요."

그때 스태프들 사이에서 박수가 터져 나왔다.

이도원과 덴 하디는 눈이 마주쳤다. 두 사람은 어떤 말도 주고받지 않았지만 묘한 동질감을 느끼고 있었다. 단 한 번 호흡을 맞춰본 것만으로 서로의 연기력을 인정하게 된 것이다.

'마음껏 쏟아부을 수 있겠어.'

이도원은 십 년 묵은 체증이 내려간 것처럼, 그동안 몸을 꽁꽁 묶었던 납덩이를 풀어버린 것처럼 몸이 가볍고 소름이 우수수 돋았다.

물론 그런 전율을 느낀 건 비단 이도원뿐이 아니었다. 텐 하디 역시 그와 비슷한 감탄을 하는 중이었다.

'경력이 많아 봐야 이십 년 안쪽일 텐데 이런 연기를 한다고?'

그 생각은 틀렸다.

타임 슬립을 감안하면 이도원은 삼십 년 가까이 되는 연기 경력의 소유자였다. 그렇지 않았다면 아무리 노력과 재능이 뒷받침되는 이도원이라고 한들 이런 성취를 얻진 못했을 터였다.

따라서 텐 하디가 선뜻 납득하지 못하는 것도 어쩌면 당연했다.

"같이 보도록 하지."

텐 하디는 이도원에게 먼저 다가와 제임스 윌리스 감독이 손짓하는 쪽을 고갯짓했다. 방금 전 촬영한 장면을 확인하는 일이 남은 것이다.

"예."

이도원은 대답하며 따라나섰다.

두 사람은 방금 전 촬영 장면을 함께 보며 자연스럽게 상의를 나누기 시작했다.

"이 부분에서 얼굴을 살짝 더 돌렸으면 좋았을 것 같네."

덴 하디가 이도원이 창밖을 바라보는 장면을 보며 말했다. 확실히 10도만 더 틀었어도 표정에 담긴 감정이 더 살았을 것 같았다.

"그러네요."

이도원은 아쉬운 듯 웃었다. 그도 그럴 것이, 이런 부분에서 현장 경험이 적은 티가 나기*때문이었다.

실제로 경험이 풍부한 덴 하디는 그런 오류를 범하지 않았다. 그는 카메라 구도를 정확이 고려하면서 연기하고 있었다.

"난 백여 편에 가까운 영화를 촬영하면서 얻은 경험인데… 욕심이 지나치군. 자네 정도면 주변 상황을 꽤 잘 살피고 있는 걸세. 영화계에서 손에 꼽을 정도로."

덴 하디의 말을 엿들은 제임스 윌리스 감독은 크게 놀랐다. 덴 하디가 얼마나 칭찬에 인색한지는 누구보다 그가 잘 알고 있었기 때문이다. 따라서 제임스 윌리스 감독은 이도원에게 그 점을 알려주었다.

"이 친구가 이렇게 말할 정도면 정말 잘하고 있는 거야."

이도원은 머쓱하게 웃으며 다시 모니터를 보았다.

덴 하디의 연기는 그야말로 감탄이 절로 나왔다. 움직임이나 변화가 거의 보이지 않는데도 감정 변화가 고스란히 전해지는 점이 그랬다. 다만 천하의 덴 하디도 아쉬운 부분은 존재했다.

"덴, 이쯤에서 겉옷을 벗는 건 어떨까요? 눈을 찌푸리면서도 웃는 모습이 이성을 잃지 않으려는 노력을 하고 있다고 느껴지는데, 직전에 겉옷을 벗는다면 훨씬 표면적으로 심리가 부각될 것 같습니다. 화가 나면 열이 나니까요."

덴 하디는 새삼스러운 눈으로 이도원을 보았다.

"역시 젊은 만큼 참신한 발상을 하는군."

그렇게 말한 덴 하디가 불쑥 헛웃음을 터뜨렸다. 생각할수록 이도원의 실력과 태도가 맹랑하고 대견한 것이다.

이래저래 서로의 연기를 바로잡는 두 사람을 빤히 보며 제임스 윌리스 감독이 투덜거렸다.

"이거야 원. 연출이 오케이 사인을 내도, 배우들이 엔지를 만들어 버리는구먼."

말 그대로였다.

이도원과 덴 하디는 만만치 않았다. 두 사람은 동선 하나도 그냥 지나치는 일이 없었다.

'저런 세밀한 부분까지 그냥 못 넘어가면, 오늘 내로 촬영이

안 끝나겠어.'

제임스 윌리스 감독은 걱정하기 시작했다. 그 역시 어딜가나 깐깐하기로 뒤지지 않는 편이었고, 대부분 이런 고민은 그를 보는 배우들의 몫이었다. 그런데 이번에는 더 깐깐한 배우들을 대동하고 작업하게 된 것이다.

"딱 한 번."

제임스 윌리스 감독이 못 박아 말했다.

"두 사람 모두 그 한 번에 지금 말한 모든 단점을 보완하게. 소소한 이유로 같은 씬을 계속 반복할 수는 없네."

말은 그렇게 했지만 이 자리의 모두가 알고 있었다.

아주 세밀한 부분이 한 장면을 살리고 죽인다는 것을.

그럼에도 제임스 윌리스 감독이 한 번의 기회만 준 것은 두 사람이 단번에 오류를 베스트 컷으로 탈바꿈시킬 능력이 있다는 믿음 때문이었다.

말 속에 내포된 신뢰를 체감한 이도원이 대답했다.

"한 번이면 충분합니다. 그렇죠, 덴?"

이도원은 굳이 동의를 구했다.

마치 할아버지를 보는 손자 같은 모습에 피식 웃은 덴 하디가 짧게 답했다.

"물론."

제임스 윌리스 감독이 흡족하게 미소 띠며 끼어들었다.

"두 사람, 사이가 좋군. 어서 현장 들어가서 연기 호흡으로 보여 달라고."

이도원은 고개를 끄덕이고 냉큼 현장으로 뛰어들었다.

덴 하디 역시 싫지 않은 표정으로 책상머리에 앉았다.

그때 불쑥 이도원이 손을 들며 불렀다.

"감독님."

제임스 윌리스 감독이 시선을 주자, 이도원이 말을 이었다.

"덴이 맡은 '덴젤'은 가정적이고 신사적인 사람이지만, 그 중후한 모습 내면에는 분명 남들은 모르는 어두운 구석이 있을 겁니다. 외적으로 완벽한 모습만 드러낸다는 건 여러 경우에 감정을 조절하고 참는다는 뜻이죠. 제가 연기하는 '톰'을 대하는 것만 봐도 그렇습니다."

"그래서?"

제임스 윌리스 감독이 흥미를 보였다.

그러자 이도원은 기다렸다는 듯 답했다.

"스트레스를 많이 받는 만큼 무언가에 의존할 확률이 큽니다. 활동적인 성격이 아니기 때문에 더더욱 일상생활에서 편하게 찾을 수 있는 것에 의존하겠죠. 그래서 말인데, 덴이 담배를 피우면 더 좋을 것 같습니다."

그 말을 들은 덴 하디가 투덜거렸다.

"난 금연한 지 십 년이 넘었다고."

제임스 윌리스 감독이 애처로운 눈빛으로 그에게 부탁했다.

"덴, 내가 듣기에도 좋은 생각 같네."

이도원과 제임스 윌리스 감독을 번갈아 본 덴 하디가 나직이 한숨을 뱉으며 말했다.

"좋아, 하지만 이건 명심하게. 십 년 만에 담배 피우는 역할을 맡는 거야. 지난번 영화까지는 각본에서 담배를 피우던 캐릭터도 내가 금연시켰었거든."

"자네 금연 깬 값은 톡톡히 하라는 뜻으로 받아들이겠네."

제임스 윌리스 감독이 능청스럽게 대답했다.

이들을 보며 이도원이 느낀 점은 현장을 제집 안방처럼 여긴다는 것이었다. 시종일관 편안한 태도로 임했고, 그런 분위기는 스태프들과 다른 배우들에게도 전파됐다. 자유롭게 토론하고 농담을 주고받으면서도 슛이 들어가면 더할 나위 없이 진지해졌다.

'영어 실력이 부족한가? 도무지 진담과 농담을 구분할 수가 없군.'

이도원은 영 복잡한 기분이 들었다.

이제서 눈치챈 것이지만, 덴 하디가 금연 중이라고 말한 순간부터 두 사람은 농담을 하고 있던 것이다.

*   *   *

"슛 들어가겠습니다!"

앤 로버츠가 현장을 바쁘게 뛰어다니며 전달했다.

촬영 지시를 내리는 제임스 윌리스 감독은 전보다 심각한 표정을 짓고 있었다.

"이번 씬에서는 좀 더 많은 걸 요구해야겠네."

먼저 선언한 그가 카메라감독에게 요청했다.

"도원 말이야. 벤치에 앉은 뒷모습을 잡을 때, 복잡하고 고독한 느낌이 전해졌으면 좋겠어."

화면에 나오는 절반이 배우의 연기라면, 나머지 절반은 스태프들의 능력이 차지하는 몫이었다.

배우의 시각으로 현장을 바라보며 일일이 세심한 요청을 건넨 제임스 윌리스 감독은 배우 두 사람에게도 각별한 부탁을 했다.

"난 이번에 조금 색다른 도전을 해보려고 합니다."

갑작스러운 선언에 텐 하디가 불안한 표정으로 팔짱을 꼈다.

"자네가 이럴 땐 항상 무리한 요구를 해왔지."

"그럼에도 자네는 내 요구를 늘 훌륭하게 소화해 줬네."

가볍게 응수한 제임스 윌리스 감독이 씨익 웃으며 이도원에게 고개를 돌렸다.

"둘 다 대본에 쓰여 있는 대사는 잊게. 캐릭터나 상황에 대해서는 누구보다 자네들이 깊게 이해하고 있을 테지. 그래서 한 번, 정해진 대사 없이 두 사람을 풀어둬 볼 생각이네."

그 말을 들은 덴 하디가 태클을 걸었다.

"각본, 대사는 감독의 몫이지. 따라서 자네가 하려는 도전은 안 좋게 말하면 책임 전가이고 부당한 요구네."

"그럼 안 좋게 말하지 말고, 긍정적으로 생각해 보게."

유들유들한 미소와 함께 대답한 제임스 윌리스 감독이 말을 이었다.

"재밌는 도전이 될 거야. 난 첫 촬영에서 두 사람이 이미 지면 속 인물 자체가 됐다고 판단했네. 그래서 내린 결정이야."

덴 하디가 그에게 맞서는 반면 이도원은 이번 도전을 지지하는 측이었다.

"재밌겠네요. 어찌 보면 영화 내에서 배우가 개입할 수 있는 역할 범위가 넓어지는 도전이잖아요. 연출 입장에서 꺼림칙할 순 있어도, 배우로서는 나쁠 게 없는 것 같은데요. 안 그래요, 덴?"

이도원의 시선을 받은 덴 하디는 고개를 저었다.

"글쎄, 썩 좋게 볼 수는 없다만… 다수가 찬성한다면 더는 말리진 않겠네."

제임스 윌리스 감독이 고개를 끄덕이며 답했다.

"난 이 도전이 생각보다 긍정적인 효과를 낼 수 있다고 보네. 그럼 슛 들어가지."

지시가 떨어지자마자 이도원은 가벼운 발걸음으로 벤치에 가서 앉았다.

먼저 이도원을 앞뒤 풀 샷으로 잡는 씬이었다. 그가 위치를 점하자 제임스 윌리스 감독이 신호를 보냈다.

"카메라 롤."

카메라가 작동했다.

짧은 시간, 이도원이 준비를 마쳤다.

"레디, 액션!"

제임스 윌리스 감독의 목소리와 함께 촬영이 시작됐다.

시작 소리, 그 소리가 이도원의 표정을 돌변하게 만들었다. 이도원은 더 이상 한국인 배우가 아닌 미국인 변호사 '톰 행크스'가 돼있었다. 바뀌지 않은 건 머리칼과 눈썹, 피부색뿐이었다.

후면에서 바닥에서 위로 향한 카메라는 고독한 어깨를 담았고, 전면을 비추는 화면은 이도원을 점점 클로즈업으로 조여 왔다. 동시에 우울한 표정이 드러나며 병색이 짙어지고 있다는 것을 알렸다.

'말 한마디 없어도 작은 동작과 표정 하나까지 의미를 담고 있다.'

제임스 윌리스 감독은 그런 능력에 감탄할 수밖에 없었다. 연기를 잘하는 배우는 많았지만 이토록 섬세한 배우는 찾기 힘들기 때문이다.

그때 톰 하디가 화면 안으로 들어섰다.

"컷, 오케이."

여기까지, 한 컷을 마무리 짓고 스태프들이 위치를 바꿨다.

이윽고 다시 촬영이 재개됐다.

"레디, 액션."

제임스 윌리스 감독은 흐름을 끊지 않도록 낮은 목소리로 신호를 보냈다.

텐 하디는 곁에 앉으면서도 불편한 표정이 역력했다.

"아내가 그러더군. 변호사는 억울한 사람을 변호해 구제해야 한다. 그러니 존재의 목적을 잃지 말라고 말이야."

"교수님의 아내분, 좋은 분이군요."

대답한 이도원이 덧붙였다.

"교수님한테는 아까운 분이기도 하고요."

농담 섞은 한마디였지만 텐 하디는 웃지 않았다. 그는 딱딱한 표정으로 담뱃불을 붙이고, 피우며 말했다.

"널 인정해서 변호하는 것이 아니라는 소리다."

그에 이도원이 자조적으로 웃으며 고개를 저었다.

"그건 중요치 않습니다."

그는 품에서 서류 봉투를 꺼내 내밀었다.

봉투를 힐끗 본 덴 하디가 불쾌한 표정으로 물었다.

"이건 뭐지?"

그에 이도원이 망설임 없이 답했다.

"제게 유리한 자료들입니다."

굳은 얼굴로 담배를 끈 덴 하디는 봉투를 건네받고 내용물을 확인했다. 천천히 한 장 한 장 훑는 중에도 낯빛이 여러 번 달라졌다. 표정 변화의 공통점은 모두 부정적인 반응이란 것이었다. 그가 나타낸 감정은 불쾌함, 실망, 분노, 고민 순이었다. 또한 어렵게 입을 열었다.

"이 정도 자료를 가졌는데 왜 스스로를 변호하지 않고 날 찾아온 건가?"

"사회적으로 봤을 때, 에이즈 환자보단 흑인 변호사를 선호하니까요."

이도원은 질문에 막힘없이 대답했다.

얼굴을 찌푸린 덴 하디가 덧붙였다.

"더구나 저소득층의 인권 변호, 무료 법률 상담을 하고 있는 내가 나서면 더 유리한 위치를 점할 수 있으니까."

그 말을 들은 이도원이 쓰게 웃으며 말했다.

"부정하진 않겠습니다. 하지만 단순히 그 때문은 아닙니다. 제 사건을 맡기려면 제가 믿을 수 있는 변호사가 필요한 것도 사실이니까요. 이 자료들은 그저 도움이 됐으면 하는 마음에서 준비한 겁니다."

덴 하디는 성화를 부리지 않았다. 오히려 착 가라앉은 목소리로 대답했다.

"옛날에 그랬던 것처럼, 지금도 여전히 변하지 않았군. 능력있고 철두철미한 성격 이면에는 상대를 불쾌하게 만드는 재주가 있어."

그는 서류 봉투를 코트 안쪽에 집어넣으며 몸을 일으켰다.

"약속대로 이번 의뢰는 맡도록 하겠네."

이도원은 총총걸음으로 사라지는 덴 하디를 끝까지 지켜봤다. 그의 입가에 맺혀 있던 쓴웃음이 감쪽같이 자취를 감췄다. 그러자 아주 조금쯤 얍삽하고 비열해 보였던 표정이 선한 인상으로 바뀌었고, 두 눈 역시도 총명하게 빛났다.

"좋아."

모니터 뒤에서 탄성을 터뜨린 제임스 윌리스 감독이 굵직하게 외쳤다.

"컷! 오케이."

화면 밖으로 먼저 나갔던 덴 하디는 이로써 촬영 스케줄이 모두 끝난 상태였다. 그는 카메라가 꺼지자 제임스 윌리스 감독에게 인사를 건넸다.

"난 먼저 가보겠네."

고개를 끄덕인 제임스 윌리스 감독이 답했다.

"오늘도 역시나 최고더군. 자넨 아직 늙지 않았어. 쉴 때가 아니란 뜻일세."

"예나 지금이나 끔찍한 소리는."

고개를 절레절레 저은 덴 하디가 이도원에게 손을 흔들었다.

"그럼 남은 촬영 마무리 잘하고, 좋은 저녁 보내길!"

이도원이 피식 웃으며 답례를 했다.

"다음 촬영 때 뵙죠, 덴."

그래 봐야 이튿날이면 다시 볼 얼굴이었다.

그래서인지 덴 하디는 미련 없이 현장을 떠났다.

모니터를 바라보며 빙그레 웃은 제임스 윌리스 감독이 그의 뒷모습을 짧게 평했다.

"퇴근길은 언제나 즐거운 법이지."

"소녀처럼 걷는군요."

이도원의 말은 과장되지 않았다.

덴 하디는 그만큼 산뜻한 걸음으로 자가용까지 가서 탑승했다.

"다 늙어서 추태라는 말이 정확하겠군."

뒷담을 뱉은 제임스 윌리스 감독이 모니터로 시선을 돌리며 화제 또한 돌렸다.

"애드리브로 이뤄진 씬은 완성도 높게 나왔네. 오죽하면 덴이 뒤도 안 돌아보고 즐거운 걸음으로 떠났겠나? 하지만 정말 중요한 부분은 이제부터야. 초반부와 후반부를 잇는 반전 포인트니까 말일세."

이도원은 절로 고개를 끄덕였다.

영화란 처음과 마지막 장면이 가장 중요한 법인데, 지금 촬영할 장면이 바로 이번 영화의 첫 씬인 것이다.

따라서 제임스 윌리스 감독도 신신당부했다.

"뉴욕에서 가장 잘 나가는 변호사, 승률 높고 앞으로도 승리를 확신하는 패기만만한 젊은 변호사의 모습을 잘 보여주게."

그에 이도원이 짧게 답했다.

"물론입니다."

이어서 제임스 윌리스 감독이 자랑스레 말했다.

"오늘의 마지막 촬영 콘티네, 우리 영화의 대미를 장식할 장면이지."

그는 흥분해 빨개진 얼굴로 다음 반전 포인트를 설명했다.

"그동안 주인공의 모든 행동이 해명되는 동시에 상황이 정반대로 송두리째 바뀌는 장면이네. 자네는 이걸 어떻게 표현할 생각인가?"

이도원은 절정으로 치달은 제임스 윌리스 감독을 만족시켜 줄 만한 구체적인 계획이 없었다.

다만 한 가지 확고한 의지는 있었다.

'이 영화에 들어간 모든 노력과 금전이 아깝지 않은 연기를 한다.'

이번 영화에 들어간 투자금은 천문학적이었다. 그렇기에 덴 하디를 섭외할 수 있었고, 조연들도 하나하나가 티켓 파워를 가진 배우들을 쓸 수 있었다. 내용 자체는 큰 자금을 요하지 않기 때문에 투자금의 대부분을 인건비로 처리한 것이다. 따라서 모두가 흥이 절로 나는 든든한 환경에서 일을 할 수 있었다.

너무 깊이 들어가기 전 생각을 멈춘 이도원이 한참 후에 입을 열었다.

"제가 시나리오를 이해한 대로 표현할 생각입니다."

결연한 각오와 특별한 의미가 담긴 한마디였다. 쉽게 말하면 시나리오는 최고란 뜻이었다. 시나리오대로 연기만 따라준다면 제값을 하는 영화가 되리라고 확신했다. 그런 믿음이 담긴 시선을 받은 제임스 윌리스 감독은 도리어 머쓱해져서 대답했다.

"그렇게 말해주니 고맙군."

영화의 내용은 이러했다. 동성애자로 이루어진 사회 취약 계층의 노동자 집단이 대기업을 상대로 승산 없는 게임을 시작한다.

이때 이도원이 맡은 역할 '톰 행크스'는 대기업 편에서 사건을 지루하게 끌고 간다. 그러면 노동자들이 지쳐서 떨어져 나갈 거라는 전제를 깔고 사건을 늘이려는 것이다. 그러던 와중 그가 에이즈에 걸린 사실이 밝혀지고, 부당 해고를 당하게 된다.

반면 텐 하디는 '덴젤 워싱턴'을 연기한다. 그는 부당한 대우를 받는 노동자 측에서 힘껏 변호하지만, 상대 변호사이자 자신의 제자였던 '톰 행크스'의 잔꾀로 상황은 점점 어려워진다. 그러던 어느 날 '톰 행크스'가 에이즈에 걸렸으며 부당 해고를 당했다고 찾아와 변호를 부탁한다.

영화는 후반에 이 상황을 완전히 정반대로 뒤집는다. 이도원이 맡은 캐릭터 '톰 행크스'가 동성애자이고 에이즈를 숨겨왔던 건 사실이지만, 직장에 밝혀지고 쫓겨난 건 모두 계획된 일이었던 것. 그는 능력 있는 변호사 '덴젤 워싱턴'을 섭외해 이 사건에서 승소하고 사회적 이슈로 알리고, 편견이 허물어진 상태에서 최초 사건으로 질질 끌던 '대기업의 노동력 착취 사건'을 '동성애자라는 사회적 취약 계층을 이용한 노동력 착취 및 차별'로 이어서 진행한다.

그리고 이 영화의 처음과 끝을 관통하는 반전 포인트.

그게 바로 이도원이 앞두고 있는 장면이었다.

다섯 시간 전, 뉴저지 화보 촬영 현장.

차지은은 아름다웠다. 부연하자면 그녀를 촬영하는 스태프들의 눈이 부실 정도였다.

촬영 도중 거울을 통해 자신의 모습을 본 차지은은 한 사람을 생각했다.

'오빠도 있었으면 좋았을 텐데.'

스스로 보기에도 꽤나 만족스러웠던 것이다.

호감이 있는 이성에게 잘 보이고 싶은 건 모든 이의 공통점일 터. 그건 그녀 역시 마찬가지다.

이도원의 모습이 머릿속을 떠나지 않고 있는 그때, 차지은의 사진 촬영을 담당하고 있는 백인 사진작가가 다가왔다.

"혹시 오늘 저녁 약속이 없다면 시간을 내줄 수 있을까요? 초면에 실례일 수도 있지만, 이 순간 말을 건네지 않으면 밤잠을 설칠 것 같아서요."

사진작가는 팔등신 몸매에 영롱한 푸른 눈이 매력적인 남성이었다.

차지은 그를 빤히 응시하며 대답했다.

"데이트 신청이라면 죄송해요, 좋아하는 사람이 있거든요."

그녀의 완곡한 거절에도 남자는 포기하지 않았다.

"그래서요?"

되물은 남자가 빙그레 웃으며 말을 이었다.

"애인이 있는 것 같진 않은데… 만약 있다고 해도, 함께 일하는 동료로서 식사 정도는 할 수 있는 것 아닙니까?"

차지은은 잠시 고민했다.

그녀는 어딜 가나 남성들의 주목을 받았다. 따라서 이런 요청이 낯설지 않았고, 그중 두어 번은 허락해 보기도 했었다. 그러나 누군가와 있게 되면 번번이 뇌리에 이도원이 떠올랐다. 이미 그녀의 이상형은 이도원에 맞게 규격화되었고, 누구도 대신할 수 없을 것만 같았다.

'한참 보고 싶을 땐 지금처럼 뜸하고, 또 잊으려하면 만나게 되고.'

매번 그러니 접을 수도, 펼칠 수도 없었다. 지금까지 얄궂은 인연으로 어정쩡하게 이어져 온 것이다.

나직이 한숨을 쉰 차지은은 시계를 올려다보았다. 지금쯤이면 뉴욕의 영화 촬영이 한참 진행 중일 터였다.

'보고 싶네.'

그녀는 데이트 신청을 받은 이 순간도 이도원 생각뿐이었다. 그 사실이 마음을 더 괴롭게 만들었지만 어느새 머릿속은 이도원을 만날 방법을 찾고 있었다.

뉴저지에서 뉴욕의 촬영 현장까지 시간 맞춰 가려면 누군가의 도움이 필요했다.

"진심으로, 동료로서 하는 말인가요?"

차지은이 묻자 남자는 어깨를 으쓱였다.

"아직까진 그렇습니다."

"달라지길 바라는 것 같군요."

나직이 한숨을 내쉰 차지은이 말을 이었다.

"지금 제가 좋아하는 사람이 뉴욕에서 촬영 중이에요. 전 그를 보고 싶은데, 제 매니저가 올 때쯤이면 시간이 너무 늦죠. 그래서 저는 뉴욕까지 데려다줄 누군가가 필요해요."

"어… 음."

남자가 콧등을 긁적이며 말했다.

"솔직하군요, 당신에게 그토록 사랑받는 남자가 있다니 부럽습니다. 미리 말해줘서 고마워요. 영악한 뉴욕 여자들과는 다르군요. 기꺼이, 뉴욕까지 태워드리죠."

"식사를 둘이 아닌, 셋이 해야 한다고 해도요?"

차지은이 묻자 남자가 고개를 끄덕였다.

"예, 저도 궁금하거든요. 당신같은 여성의 마음을 사로잡은 남자가 말이죠."

뜻밖의 대답이었다.

긍정적인 반응에, 차지은 고마운 마음뿐이었다.

"고마워요, 제이크."

그는 프리랜서 사진작가.

세계적으로 주목 받는 신예 제이크 딜런이었다.

*   *   *

현재, 뉴욕 주 남부 법원 현장.

이도원의 각오를 들은 제임스 윌리스 감독은 더 이상 캐묻지 않고 스태프들을 주물렀다. 그는 이번 장면에 혼신의 힘을 쏟으려는 사람처럼 카메라 구도 하나까지도 카메라감독과 상의했다.

제임스 윌리스 감독을 보며 이도원은 속으로 생각했다.

'이 장면이 이번 영화의 열쇠다.'

그는 대본을 접고 내려놨다.

그때 이진빈이 초조하게 물어왔다.

"형, 대본 이상을 보여줘야 하는 상황인 거죠?"

"제법인데."

짧게 감탄한 이도원이 씨익 웃으며 대답했다.

"그래, 이번 장면은 그만큼 중요하다. 분명 연출부에서도 신경 써서 편집을 하겠지. 그들의 노력을 허사로 만들지 않으려면 배우가 그들의 노력 이상의 연기를 해야 돼. 배우와 스태프가 합이 맞았을 때 이 장면을 최고조로 살릴 수 있다."

그 말을 듣기라도 한 듯이 앤 로버츠가 크게 외쳤다.

"슛 들어갈게요!"

카랑카랑한 목소리에 따라 스태프들도 예리한 눈빛으로 돌변했다. 그들 한 사람, 한 사람이 내뱉는 공기가 물감처럼 번져 현장을 긴장감으로 물들였다.

이도원은 그 사이로 천천히 걸어갔다. 카메라가 비추는 공간이 오로지 그만의 공간인 것이다.

'배경은 완성됐다. 그 안에 뭘 채워 넣을지, 이제 내 몫이야.'

이도원은 주위를 둘러보았다.

차가운 공기가 감도는 법정 안이 시험대처럼 낯설게 느껴졌다.

"후우."

이도원은 날숨과 함께 긴장감을 뺐다.

그러자 자연스럽게 동선이 그려졌다.

'준비 끝.'

이도원의 생각을 듣기라도 한 것처럼, 때마침 모니터 화면을 응시하던 제임스 윌리스 감독이 신호를 보냈다.

"카메라 롤, 레디."

숨이 턱 막히고 심장이 미친 듯 두방망이질 쳤다.

이도원은 정수리로 치고 오르는 아드레날린을 느끼며 전율했다. 액션 사인이 들어오기 직전이야말로 긴장감과 흥분이 폭발하는 순간이었다.

이윽고 제임스 윌리스 감독이 입을 열어 내뱉었다.

"액션."

모두가 눈에 불을 켜고 이도원에게 집중했다.

반면, 이도원은 그들 모두의 존재를 지워나갔다.

그렇게 의식 속에 홀로 남은 이도원이 눈을 떴다.

"저는 불과 지난주까지 저 자리에 앉아 재판을 받았습니다."

그는 원고인 석에 앉은 단역 출연자를 바라보았다.

"부당한 처우를 받았음에도 피고인이 된 것처럼 죄 진 기분이더군요. 왜냐하면 전 사회가 외면하는 성소수자이기 때문입니다."

이도원의 독백은 탄력과 리듬이 있었다. 그럼에도 완벽하게 절제돼 빈틈을 찾아보기 힘들었다. 깊은 호흡과 중저음의 발성이 무겁게 법정을 울리고 있었다.

"배심원 여러분께 묻습니다. 우리는 대개 고의적인 잘못에 처벌을 논합니다. 그렇다면 이번 사건은 '고의적인 잘못'을 저지른 기업 측에서 배상해야 할 문제인데, 왜 노동자들은 보상을 받지 못하는 걸까요? 노동자들이 성소수자라고 해서 착취를 당해도 될까요? 남들과 성향이 다르다고 해서 손가락질을 받아도 되는 걸까요?"

이도원이 입을 닫자 침묵이 흘렀다. 그는 이어 판사에게 자료를 제출했다.

"이건 얼마 전 제가 승소했던 '성소수자 부당 해고' 관련 판례입니다. 이번 사건 역시 우리가 편견 없이 바라봐야 할 문제라고 봅니다. 따라서 부당한 처우를 받고 있는 원고 측에서 반드시 권리를 되찾고 누려야 할 것입니다."

판사 역할의 단역이 휴정을 알렸다.

탕, 탕, 탕 의사봉을 내리치는 소리가 멎자 제임스 윌리스 감독이 사인을 보냈다.

"컷!"

그는 오케이나 엔지를 결정하는 대신 이도원을 불러들였다.

"직접 보게, 마음에 들 때까지 계속 촬영하지."

이도원은 살짝 고개를 숙이고 모니터링을 했다.

꽤 긴 독백임에도 연기는 안정적이었다.

다만 깊은 발성에 비해 호흡이 아쉬웠다.

'호흡에 변화를 주면 충분히 감정을 표면 위로 나타낼 수 있을 것 같은데.'

너무 절제했다는 생각이 들었다.

고민하는 그를 힐끗 보며 제임스 윌리스 감독이 미소를 띠었다.

'실시간으로 부쩍부쩍 느는 것 같군.'

그는 이도원을 마음껏 뛰어놀도록 풀어놨다.

같은 장면을 찍고, 또 찍었다. 그럼에도 스태프들은 프로답게 흐트러지지 않는 집중력을 보여주었다. 촬영이 반복될수록 지칠 법도 한데 처음과 똑같았다.

다만 이도원은 횟수가 늘어갈 때마다 분위기에 적응하고 있었다. 연기는 더욱 자연스러워졌고, 참신한 애드리브를 펼칠 여유가 생겼다.

그들이 합심해 촬영에 매진하고 있을 무렵, 뉴저지로부터 제이크 딜런과 차지은이 도착했다.

"와우."

제이크 딜런은 흥분을 감추지 못하고 물었다.

"맙소사, 설마 당신이 호감을 가졌다는 남자가 이도원입니까? 그러고 보니 둘 다 한국인 배우로군요."

"의외로 눈치가 없는 편인가 봐요, 소속사도 같죠."

차지은이 거들며 법정 쪽을 보았다.

현장에는 촬영 장비들이 배치돼 있고 조명도 들어와 있었지만 촬영 중은 아니었다.

"쉬는 시간인 것 같네요."

차지은의 말에 제이크 딜런이 물었다.

"안 가봅니까?"

고개를 저은 차지은이 짧게 답했다.

"방해돼요."

이도원은 그녀가 이곳에 왔을 거라고는 꿈도 꾸지 못하고 있을 터였다.

차지은은 그런 사람에게 굳이 심경의 변화를 줘서 좋을 게 없다는 생각이었다.

제이크 딜런이 곁눈질로 그녀를 보며 말했다.

"과연 같은 배우라 그런지, 통하고 배려하는 부분이 있는 것 같습니다. 그나저나 〈하트펑션〉으로만 봤던 이도원을 실제로 보게 되다니 영광이군요. 당신은 잘 모를 수도 있지만 도원은 미국에서도 인기 스타입니다."

"그런가요?

차지은이 눈을 동그랗게 뜨며 물었다.

그에 제이크 딜런이 웃으며 고개를 끄덕였다.

"뛰어난 연기력으로 주목받고 있죠. 아직 톱스타들에 비해서는 손색이 있지만, 곧 그들과 같은 반열에 들 거라는 평이 지배적입니다. 잠깐, 그럼… 이 현장은 제임스 윌리스 감독의 작품 현장입니까?"

그의 너스레에 차지은이 풉 웃음을 터뜨렸다.

"볼수록 엉뚱하시네요."

제이크 딜런은 진지하게 대답했다.

"제가 요새 출장 다니느라 너무 바빠서 신경을 못 썼거든요.

제임스 윌리스 감독은 CG 없이 뛰어난 영상미를 연출하는 사람으로 유명합니다. 우리 사진작가들도 그를 존경하죠."

아직 미국 물정을 잘 모르는 차지은은 그의 이야기를 흥미롭게 들었다. 그러면서도 시선은 스태프들의 어깨너머에 있는 이도원에게 떨어질 줄 몰랐다. 그리고 머지않아 그녀가 가장 보고 싶어 하는 이도원의 모습을 볼 수 있는 시간이 됐다.

마침내 앤 로버츠가 외친 것이다.

"슛 들어갑니다!"

제임스 윌리스 감독이 신호를 보냈다.

"카메라 롤, 레디."

이도원은 이어지는 장면들을 촬영하고 있었는데, 매번 엔지를 열 번 이상 냈다. 그러다 보면 심신이 지칠 만도 한데, 정반대로 점점 활활 타올랐다.

매니저 이진빈은 이마에 흥건한 땀을 닦아주다 용암 같은 눈빛과 마주치고 중얼거렸다.

"데이겠습니다."

그는 금방 현장에서 빠졌다.

그러자 제임스 윌리스 감독이 시작을 알렸다.

"액션!"

이도원이 변호인 석에 앉아 차분한 표정으로 법정을 바라보았다. 상황이 뜻대로 돌아가지 않자 얼굴이 점점 붉어졌다.

기업 측에서 새로 선임한 변호사 역할의 단역이 떠들 때마다 이도원은 고개를 저으며 피식피식 웃었다.

"빌어먹을."

　이도원은 손가락 사이로 빙글빙글 돌려대던 펜을 책상 위에 던지며 중얼거렸다.

　그때 판사의 목소리가 들려왔다.

"원고 측 변호인, 변론해 주세요."

　그 말에 따라 이도원은 변호인 석에서 몸을 일으켰다. 머리카락을 뒤로 쓸어 넘긴 그가 볼을 풍선처럼 부풀리더니, 한숨으로 공기를 빼고 씹던 껌처럼 한마디를 뱉었다.

"다음 재판 때 뵙죠."

　이도원의 동선과 움직임, 발성, 호흡, 표정 하나까지 모두 답답한 심정을 토로하고 있었다. 그것만 봐도 현재의 어려운 상황을 단번에 알 수 있는 것이다.

　비슷한 생각을 한 제임스 윌리스 감독이 고개를 흔들며 외쳤다.

"컷! 오케이!"

　법정 씬은 표정 하나하나조차도 중요했기 때문에 여러 컷으로 나눠서 촬영했다. 그럼에도 롱 테이크 촬영 때보다 엔지가 많이 났다. 이는 그만큼 압축된 명장면을 건지려하기 때문이었다.

오늘의 촬영이 모두 끝난 시점.

이도원은 모니터를 보며 고개를 갸웃했다.

'덴 하디와 연기할 때랑 기량 차이가 크다.'

오늘 처음 만난 덴 하디가 벌써부터 그리워지는 순간이었다.

"오늘 늦게까지 수고했네. 덕분에 만족스러운 장면을 건졌어."

제임스 윌리스 감독이 이도원에게 말했다. 이른 아침부터 저녁까지 기나긴 일정을 별다른 기복 없이 소화해 준 데 대한 칭찬이었다.

이도원은 빙그레 웃으며 대답했다.

"잘 찍어 주셔서 감사합니다."

그들을 훈훈하게 작별했다. 어차피 몇 시간 후면 다시 얼굴을 맞대야 했기에, 조금이라도 더 쉴 수 있도록 짧은 인사로 마무리한 것이다.

그때 다가온 이진빈이 거위 털 잠바를 걸쳐주며 말했다.

"누가 왔는지 보시면 놀라실 거예요."

그가 비켜서자 차지은이 보였다.

'어떻게 여기에?'

이도원이 당황하는 사이 차지은이 방긋 웃으며 물었다.

"놀랐죠?"

"서프라이즈라면 성공했네."

이도원이 살짝 웃으며 말을 이었다.

"촬영이 지연됐으면 헛걸음한 게 됐을 텐데."

"생각보다 별로 안 좋아하네요."

나직이 한숨을 쉰 차지은은 어깨를 으쓱하며 덧붙였다.

"오빠가 잊을 만하면 나타나서 서프라이즈를 해주기에 좋아
하실 줄 알았죠."

내용에 가시가 있었다. 미국에서 생활하는 동안 따로 연락
도 없이 한국에 들어가서 번번이 놀라게 만들었던 일을 돌려
말한 것이다.

그에 이도원이 씁쓸하게 웃으며 말을 돌렸다.

"아직 밥 안 먹었지? 저녁 식사 같이 하자."

고개를 끄덕인 차지은이 한 사람을 더 소개했다.

"이쪽은 제이크 딜런. 유명한 프리랜서 사진작가예요. 저를
이곳까지 데려와 주셨죠."

그때서야 제이크 딜런이 눈에 들어온 이도원이 손을 내밀었
다.

"반갑습니다, 이도원입니다."

"당신의 열성 팬입니다."

제이크 딜런이 손을 맞잡으며 미소를 지었다.

"나중에 꼭 함께 사진 작업을 하고 싶군요."

이도원이 마주 웃으며 대답했다.

"좋습니다. 오늘은 함께 식사하고, 나중에 따로 얘기하시죠."

그는 차지은에게로 시선을 돌렸다.

"요 맞은편에 괜찮은 식당이 하나 있다. 점심 때 현장으로 주문해서 맛을 봤는데 맛있더라고. 상호는 기억 안 나고, 빨간색 간판이 눈에 띌 거야."

말한 이도원이 제이크 딜런에게 물었다.

"오믈렛과 파스타, 괜찮으시죠?"

제이크 딜런은 웃으며 고개를 끄덕였다.

"매우 좋아합니다."

그에게 양해를 구한 이도원은 차지은의 어깨를 두드리며 말했다.

"그럼 식당에서 보자."

그는 차로 갔다.

뒷모습을 보며 차지은은 입술을 삐죽 내밀었다.

"끝까지 멋있네, 질투도 없어?"

한편 이도원은 운전석 문을 열고 먼저 타있던 이진빈에게 말했다.

"차 좀 쓰자."

눈을 동그랗게 뜬 이진빈이 물었다.

"그럼 저는요?"

"택시비 줄게."

이도원이 저기압인 목소리로 말하자 심상치 않다는 걸 느낀 이진빈은 주섬주섬 지갑을 챙기며 대답했다.

"쓰셔야죠, 암요."

눈치 빠른 그는 차지은이 다른 남자랑 있는 것을 보고 빠르게 현 상황을 이해했다.

그에게 양해를 구하고 탑승한 이도원은 핸들을 톡톡 두드리며 미간을 찌푸렸다.

'아무리 안전한 사람이라도 그렇지… 세상이 얼마나 험한데 이 타지에서, 오늘 처음 본 남자 차를 타?'

생각할수록 심기가 불편했지만 참견할 자격은 마땅치 않았다. 핑계를 갖다 붙이면 소속사 대표로서 걱정할 수도 있겠지만, 엄연히 말하면 두 사람은 남녀 간 사적으로 '아무 사이도 아닌' 관계였다. 괜히 어설프게 간섭해 봐야 분위기만 요상해질 터였다.

일순 잡념에 사로잡혔던 이도원은 고개를 흔들며 시동을 걸었다.

"제이크 딜런?"

차지은과 동행한 남자의 이름을 되새긴 그는 거칠게 엑셀을 밟았다.

                    *   *   *

빨간 간판에 인상적인 식당 안에 세 사람이 앉아 있었다. 제이크 딜런과 차지은이 함께 앉고, 이도원이 마주 앉았다. 이런 구도가 된 데에는 이도원의 판단이 주요했다.

이 자리가 가장 불편할 사람은 차지은을 이곳까지 무사히 바라다 준 제이크 딜런이었다. 그런 고마운 사람을 소외되게 만들 수 없었기에 이 같은 자리 배치가 된 것이다.

'정말 배려심 짱이시네.'

차지은은 은근히 토라졌지만 내색하진 않았다.

물론 이도원 역시 지금 상황이 마음에 들지만은 않았다. 차지은과 둘이 식사를 했으면 가장 좋았겠지만 제이크 딜런이라는 인물이 등장한 것이다.

어색한 침묵이 흐르자 제이크 딜런이 먼저 입을 열었다.

"오는 동안 두 분 관계에 대한 이야기는 들었습니다."

그에 이도원이 살짝 웃으며 물었다.

"어떤 이야기죠?"

"같은 영화에 참여한 동료 배우로 처음 만났을 때부터 지금 소속사 대표와 배우로 재회하기까지, 두 분 인연이 깊더군요. 긴 시간은 아니었지만 듣는 내내 신비로웠습니다. 자세히 캐묻고 싶어질 정도였죠."

이도원은 고개를 끄덕이며 수긍했다.

"좋은 인연입니다, 우리는 서로에게 도움이 되죠."

그는 '우리'라는 단어를 강조했다.

제이크 딜런이 자세히 캐묻고 싶어졌다고 했을 때 보낸 눈빛을 놓치지 않았기 때문이다. 제이크 딜런은 차지은에게 호감을 품고 있는 것이 확실했다. 그리고 역시나 그 점을 숨기지 않았다.

"부럽습니다. 저도 지은과 조금 일찍 만났으면 좋았을 텐데요. 서로 도움이 되는 관계인 건 마찬가지 아닐까요?"

그는 정중한 말투로 덧붙였다.

"도원에게도 도움이 줄 수 있을 겁니다. 배우는 사람들에게 호감 주는 얼굴을 자주 보일수록 유리하죠. 전 많은 미국과 유럽 등지의 유명 잡지사와 협력해 일하고 있습니다. 즉, 저를 통하면 할리우드 진출에 보다 유리한 위치를 선점할 수 있는 것이죠."

이도원은 그 말을 들으며 제이크 딜런이란 사진작가가 가진 파워가 생각보다 클 수 있겠다는 생각을 했다.

그 자신이야 이미 여러 경력을 통해 얼굴과 이름을 알렸다지만, 앞으로 진출할 배우들 모두가 그런 과정을 거칠 수는 없는 노릇이었다. 한마디로 제이크 딜런은 지금 백 엔터테인먼트에 필요한 인맥이란 의미였다.

'이걸 좋아해야 할지, 불편해해야 할지 모르겠군.'

이도원의 시선이 잠시 차지은에게 머물렀다. 그리고 그녀 옆에 다른 남자가 있는 것을 본 순간 확신할 수 있었다. 자신이 그녀를 생각했던 것 이상 이성으로서 특별하게 생각하고 있고, 놓치면 후회할 거라는 사실을.

"우리의 일에 접점이 있다니 반갑습니다, 제이크."

이도원은 천천히 시선을 떼며 지갑에서 명함을 꺼냈다.

"앞으로 자주 보게 될 것 같군요. 명함에 적혀 있는 제 개인 회선으로 전화를 주시면 언제든 기쁘게 받을 겁니다."

제이크 딜런은 자신의 명함을 교환했다.

"저 역시 도원을 만나게 돼서 기쁩니다. 따로 약속을 한번 잡도록 하죠."

두 남자의 미묘한 신경전이 벌어지는 동안 차지은은 꿔다놓은 보릿자루처럼 앉아 고개를 절레절레 저었다. 그들 모두 자신에게 호감을 갖고 있다는 건 어렴풋이 알 수 있었다. 하지만 그녀에게 중요한 건 이 유치한 신경전이 아닌, 불편하고 심심하다는 사실이었다.

"두 분이 만나서서 저도 기쁘네요."

차지은이 심드렁하게 말했다.

그 말투를 듣고 아차 싶었던 제이크 딜런이 웃으며 대답했다.

"미안합니다, 좋은 파트너를 만난 것 같아서요."

반면 이도원은 가타부타 말없이 물을 한 모금 마셨다. 그는 눈을 감으며 피식 웃었다. 방금 전 공과 사를 넘나들며 신경전을 벌였던 일이 새삼 우습게 느껴진 것이다.

'어차피 열쇠는 그녀가 쥐고 있는 것을.'

정작 차지은이 문을 열어줄 마음이 없다면 어차피 다가갈 수 없다. 두 남자 모두 그녀에게 호감을 갖고 있는 상태라면 그녀의 마음이 어디로 향할지가 관건인 것이다. 따라서 이도원은 절로 조급해지던 마음을 다스리고, 제이크 딜런을 경쟁자의 관계가 아닌 사람 자체로 보았다.

'잘생기고 영리한 남자다.'

첫인상만으로 판단한 것뿐이지만 사업 파트너로서도 나쁘게 없을 것 같았다.

생각을 정리한 이도원은 차지은을 보며 화제를 돌렸다.

"화보 촬영은 어땠어?"

"훌륭했어요."

차지은은 어깨를 으쓱이며 말을 이었다.

"현장은 어딜 가나 비슷한 것 같긴 한데, 스태프들이 주문하는 방식이나 원하는 색깔이 다르더라고요. 그나저나 오빠랑 영어로 대화하려니 불편하네요."

두 사람만 있을 땐 한국어로 대화를 했기 때문에 불편하긴 피차 마찬가지였다. 그런 차지은과 이도원을 번갈아 본 제이크 딜런이 머쓱한 얼굴로 농담을 했다.

"제가 불편을 끼치고 있군요. 분명 여긴, 여전히 미국인데 말이죠."

웃음을 터뜨린 차지은이 고개를 저었다.

"그런 뜻은 아니었어요, 제이크. 제가 아직 영어가 서툴기 때문에 불편한 거예요."

제이크 딜런은 양손의 엄지를 추켜세웠다.

"무슨 소릴! 지은의 영어 실력은 저랑 비슷합니다."

과장스러운 말투를 들은 차지은이 눈을 흘기며 답했다.

"제이크의 한국어 실력과 비슷하겠죠."

그녀는 이도원에게로 눈길을 돌렸다.

"아까 경황이 없어서 깜빡하고 말 못했는데, 오빠 연기가 더 는 것 같던데요? 솔직히 말하면, 대사는 중간중간 못 알아들어서 잘 모르겠지만."

그 말에 이도원은 미소 지었다.

"이곳에서 좋은 스승을 만난 것 같다."

"좋은 스승이요?"

차지은이 물었다.

이도원은 고개를 끄덕이며 되물었다.

"덴 하디라고 들어봤어?"

차지은과 제이크 딜런이 동시에 입을 벌리며 눈을 크게 떴다.

"그, 흑인 배우 말씀하시는 거죠?"

"맙소사! 덴 하디라니."

제이크 딜런은 흥분에 가득찬 얼굴로 말을 이었다.

"제임스 윌리스 감독의 이번 영화, 홍보가 늦는다 싶었는데… 덴 하디라는 히든카드를 준비하느라 바빴던 겁니까? 그는 전설적인 배우입니다."

이도원 대신 고개를 끄덕인 차지은이 코끝을 살짝 치켜들며 맞장구를 쳤다.

"전설적인 배우와 투톱이라 이거죠?"

그녀는 같은 한국인 배우로서 자부심을 느끼고 있었다.

그 같은 심정을 잘 알고 있는 이도원은 빙그레 웃으며 기다리는 대답을 해주었다.

"그래, 그래서 많이 배우고 있다."

차지은은 나직이 한숨을 쉬며 말했다.

"이러니 제가 포기를 못하죠."

비단 그 이유뿐은 아니었지만 그녀가 이도원을 놓지 못하는 데에는 그런 이유도 있었다. 남녀 간에 느끼는 매력도 매력이지만, 배우로서 느끼는 동경도 무시하진 못 했다. 더구나 지금껏 이도원의 행보를 곁에서 지켜보며 주변에 머물러 왔기에 더욱 미련을 버릴 수가 없는 것이다.

'남들이 할 수 없다고 말하는 일을 해내는 사람.'

그런 점에서 인간적인 선망이 먼저 들었다.

그런 감정이 고스란히 녹아 있는 눈빛을 놓치지 않은 제이크 딜런은 입으로 들어가는 오믈렛의 맛을 잃었다.

'내가 비집고 들어갈 틈은 없겠군.'

그는 씁쓸한 표정이었다. 비록 짧은 순간이지만 나름대로 차지은에게 특별한 감정을 품었기 때문이다. 그런데 그녀를 알아갈 기회마저 없다는 좌절감을 먼저 겪었다.

정작 이도원은 만감이 교차하는 두 사람의 표정을 읽으며 묘한 감정에 사로잡혔다. 사람을 관찰하고 심도 깊게 들여다보는 것은 어느새 배우로서 습관처럼 되어버렸기 때문에, 두 사람 감정을 모두 동감할 수 있었다.

'…더는 피하면 안 되겠어.'

제이크 딜런 같은 남자의 호감을 독차지하고도 반짝이는 눈빛으로 자신만 바라보는 차지은의 감정을 이해하며 이도원은 오랜 고민 끝에 마음먹었다. 나름대로 긴 시간 동안 가슴 한구석에 그녀가 들어올 자리를 조금씩 비워두었고, 이제야 결정을 내릴 수 있게 된 것이다.

식사를 마친 이도원은 차지은을 보며 천천히 입을 열었다.

"호텔까지 데려다줄게."

제이크 딜런은 허무한 심정으로 한발 물러섰다.

고로 이도원과 차지은은 같은 차를 탈 수 있었다.

두 사람이 호텔까지 이어지는 도로를 달리는 사이, 운전석에 앉은 이도원이 침묵을 깼다.

"여기까지 날 보러 와줘서 고마워."

차지은이 창밖에 시선을 둔 채 어색하게 대답했다.

"천만에요, 오빠."

둘뿐인 차 안이었기에 두 사람은 모국어로 대화를 나누었다. 때문에 전보다 훨씬 편하고 정겨운 느낌이 들었다.

"노래 들을래?"

"좋아요."

차지은이 대답하자 이도원은 라디오의 음악 채널을 틀었다. 하필이면 잔잔한 멜로디의 곡들이 줄을 이었고, 차지은은 한참 말이 없었다.

룸미러로 그녀를 힐끗 본 이도원이 피식 웃었다.

'이게 아닌데.'

차지은은 운전석 방향으로 고개를 돌린 채 곤히 잠들어 있었다.

길가에 차를 붙인 이도원은 팔을 뻗어 그녀의 시트를 뒤로 젖혔다.

"많이 피곤했나 보네."

일찌감치 화보 촬영을 마친 차지은은 뉴저지에서 뉴욕까지 한달음에 달려왔다. 또한 현장에서 촬영하는 것을 기다렸고, 다소 불편한 식사 자리를 가졌다.

이도원은 그녀를 빤히 바라보았다. 그 역시 하루 종일 촬영 스케줄을 소화하느라 고단했지만, 이 순간만큼은 심장이 두근거리고 피곤이 씻겨 내렸다. 한동안 시선을 떼지 못했던 그는 숨소리를 죽이며 다시 출발했다.

'내가 편하긴 한가보군.'

이도원은 차를 몰며 속으로 생각했다. 나쁜 기분은 아니었다. 자신 앞에서 긴장을 푼다는 건 그만큼 믿고 있다는 방증이기도 했으니까.

'어떻게 한다?'

그는 핸들을 손가락으로 톡톡 두드렸다. 하루 종일 촬영하며 캐릭터에 몰입하느라 텅 비어버린 머릿속이 차지은에 대한 생각들로 점차 들어차고 있었다. 밀물처럼 들어오는 상념들은 이도원을 고민으로 내몰았다. 어떤 방법으로 고백할지, 그에게 주어진 시간은 불과 이십 분밖에 없었다. 평평한 멜로디의 음악 소리가 정적을 어루만졌고, 그렇게 이십 분이 지나 호텔 앞에 도착했다.

"벌써."

이도원은 짤막하게 감탄하며 차지은을 보았다.

이제 그만 깨워야 할 시간이었다. 하지만 그전에, 이도원은 호텔 로비와 이어진 카페에서 따뜻한 블랙커피를 사 왔다.

"지은아."

차로 돌아온 이도원이 나직이 불러 보았지만 차지은은 일어날 기미를 보이지 않았다.

결국 이도원은 그녀의 어깨를 두드려 깨웠다.

"음… 벌써 도착했어요?"

차지은이 잠이 덜 표정으로 물었다.

그 모습이 귀엽고 매혹적이었다.

이도원은 고개를 끄덕이며 대답했다.

"도착했다."

그는 테이크아웃 컵에 담긴 커피를 내밀었다.

차지은은 두 손으로 받으며 대답했다.

"와, 오빠. 고마워요."

그녀는 어느 정도 잠이 깰 때까지 내리지 않았다.

이도원도 주차를 한 상태로 잠자코 기다렸다.

어색하게 감도는 침묵 속에는 서로 할 이야기가 있다는 무언의 약속이 담겨 있었다.

"그러고 보니, 이 밤에 커피를 사왔네요?"

컵을 어루만지며 입을 연 차지은이 덧붙여 말했다.

"저 커피 마시면 못 자는데."

단번에 이도원이 난감한 표정이 됐다.

"블랙커피밖에 안 마신다고 해서 산 건데."

그의 반응에 피식 웃은 차지은이 커피를 한 모금 들이켜고 답했다.

"장난이에요. 저, 커피 마셔도 잘 자요."

이도원은 안도의 웃음을 보였다.

"농담이라 다행이네."

"오빠가 밤새 놀아준다고 하면 진담일 수도 있고."

차지은이 반짝이는 눈빛으로 말했다.

이도원은 정신이 아찔해서 속이 울렁거릴 지경이었다. 제아무리 평소에 돌부처 같은 평정심을 유지하는 그라도, 남자인 이상 차지은의 유혹은 치명적일 수밖에 없었다. 그녀는 조금 과장해 전 국민이 사랑하는 여성이었고, 세계에서도 통하는 미모를 가진 여성인 것이다.

'내 고백을 도와주네.'

그런 생각이 절로 들었다.

이도원은 굳이 애쓰지 않고 자연스럽게 말했다.

"나도 널 좋아한다, 이성으로서."

대수롭지 않은 어조였다.

그런데, 뜻밖에 차지은이 더욱 태연했다.

"알고 있어요. 진즉 눈치챘고, 아까도 확신했고요."

이도원은 말없이 그녀를 바라보았다. 잠시 침묵을 지키며 빤히 응시하던 그가 천천히 입을 열었다.

"그래, 하지만 지금까지 망설였다. 그러다 오늘에서야 널 놓치면 후회할 거라는 확신이 들었어."

이도원이 크게 심호흡을 하며 덧붙였다.

"이제는 널 이성으로 만나고 싶다."

차지은은 슬그머니 눈을 감았다. 그녀는 미간을 찌푸리고 있었다.

'왜?'

일순 이도원이 의문을 품고 있을 때, 차지은이 해명했다.

"심쿵해서 그래요."

그녀는 금방 기다림을 끝내며 말을 이었다.

"기다리던 고백을 받았는데 이상하게 마음이 아프네."

이도원은 대답하지 이어질 말을 기다렸다.

감았던 눈을 뜨며 나직이 한숨을 뱉은 차지은이 조심스럽게 입을 열었다.

"마음 같아선 당장 반기고 싶은데, 그럴 수 없어서인 것 같아요. 지금까진 짝사랑이라 괜찮았어요. 기약 없는 기다림도, 오빠의 소홀한 태도도 이해할 수 있었죠. 하지만 정식으로 교제하게 되면 그러지 못할 것 같아요. 제가 힘들 게 빤히 보여요."

이도원은 그녀의 말을 이해할 수 있었다.

연인이 되는 순간 도의적인 의무들이 생기게 마련이다. 그런 도리를 못해서 헤어지게 됐을 때 받을 리스크는 너무도 크다. 두 사람은 사생활을 보장받는 일반인이 아닌, 공인이었기 때문에 더욱 그랬다.

"고민이 될 수밖에 없겠지. 나도 꽤 긴 시간 고민을 했었고. 그러니 너에게도 시간을 줄게."

이도원이 침착하게 덧붙였다.

"한국에 돌아가기 전에 대답해 줬으면 좋겠다."

고개를 끄덕인 차지은이 답했다.

"그렇게 할게요. 감사해요, 오빠. 오빠도 제 마음에 응해줘서."

"그래."

이도원은 무뚝뚝하게 대답했다.

차지은 역시 씁쓸하게 웃었다.

"우리가 만나게 되더라도 일단은 쉬쉬해야겠죠? 일적인 문제들도 조율해야 될 거예요. 우리는 둘 다 배우이고, 이성과 감정을 주고받으며 호흡을 맞추는 경우도 있으니까… 서로 직업적인 특성을 이해하기 편하겠지만, 반대로 서로 연결돼 있어서 오해가 생기기도 쉽겠죠."

이도원이 고개를 끄덕였다.

"모두 생각하고 내린 결론이야. 누군가는 마음이 시키는 대로 하라고 하지만, 우리는 그럴 수 없으니까."

그 말대로 배우란 일반적인 연애나 자유로운 연애를 어느 정도 포기해야 하는 특수성이 있는 직업이다. 유명세가 있는 배우에게 이성 교제란 그만큼 민감한 부분이다.

  "네가 지금 말한 것 외의 것들도 생각해 봐야 할 거야. 이미지는 둘째치더라도 사생활이 노출되는 건 물론, 교제할 당시 사진이 평생 인터넷을 떠돌게 되니까."

  이도원은 가감없이 충고했다.

  그 말을 들은 차지은이 고개를 절레절레 저었다.

  "참 무서운 직업이에요. 한순간에 나락으로 떨어질 수 있으니까. 하루하루가 외줄을 타는 기분이에요. 긴장을 늦추는 순간 실수로 추락할 수도 있으니까 마음을 놓을 수도 없죠."

  이도원은 그녀의 말을 수긍했다. 그러나 이미 알고 시작한 일이고 각오한 부분이었다. 이는 배우에게 일보다 감정이 앞설 수 없는 이유기도 했다. 그 대가로 연기를 하고, 누구보다 특별해질 수 있으며, 대중의 사랑을 받을 수 있다. 이는 일반인들은 느끼기 힘든 쾌감이었다.

  많은 의미를 내포한 채 그는 차 문을 열며 답했다.

  "천천히 생각해 보고, 일단 쉬도록 해."

  *　　　　*　　　　*

호텔로 돌아온 이도원은 방 안에 세팅돼 있던 데킬라를 꺼냈다. 그는 술을 자주 마시는 편이 아니었지만 오늘만큼은 머리를 비우고 취기를 느끼고 싶었다.

　'술을 보고 떠오르는 사람도 없군.'

　머릿속에 그려지는 이들은 모두 일적으로 얽힌 얼굴들뿐이었다. 일도, 내일도 잊고 술을 마시고 싶을 때 찾을 사람이 마땅치 않았다. 친구 비슷한 존재라면 그나마 오준식이 있었는데, 그 역시 배우의 길로 들어서면서부터 소원해졌고, 만나면 일 얘기만 하게 됐다.

　'진빈이나 깨워 볼까?'

　이도원은 거실에 있었고, 이진빈은 방 안에서 꿀 같은 잠을 자는 중이었다. 이도원은 순간 이진빈을 불러다 말동무를 삼을까도 생각해 봤지만 이내 고개를 저었다. 당장 내일 스케줄부터 말할 것이 뻔했기 때문이다. 그 뒤 이어질 대화 또한 모두 일적인 이야기일 터였다.

　"떠나고 싶다."

　이도원은 소파에 앉아 고개를 꺾으며 중얼거렸다. 꼭대기 층이었기에, 천장의 일부를 덮은 유리창으로 밤하늘이 보였다. 그는 이어서 시계를 확인하고 한국으로 전화를 걸었다.

　신호음이 들리고, 어머니의 목소리가 들려왔다.

　―아들! 잘 지내지?

"그럼요."

이도원이 피식 웃으며 답했다.

어머니는 걱정스럽게 말했다.

―그쪽은 늦은 시간일 텐데 왜 안 자고?

"일정이 늦게 끝나서 지금 호텔에 왔어요."

잠시 틈을 두고 이도원이 물었다.

"어머니도 잘 계시죠?"

―응, 잘 지내지. 내가 못 지낼 게 뭐 있겠니?

"다행이에요, 누나는요?"

이도원의 질문에 어머니가 한숨을 쉬며 대답했다.

―말도 마. 요즘 학교 공부 하느라 집에도 잘 못 들어온다.

"다들 치열하게 사네요."

―그럼, 모두 그렇지.

어머니의 대답을 들은 이도원의 입가에 진한 미소가 맺혔다. 지금껏 가슴을 짓누르고 있던 돌덩이가 살짝 치워진 느낌이 들었다. 외로움을 느끼던 참에 혼자만 바쁘고 힘든 것이 아니라는 위안을 얻은 것이다.

"힘이 되네요. 엄마도 몸조심 하세요. 또 전화 드릴게요."

―그래. 바쁘면 무리해서 신경 쓸 것 없다. 무소식이 희소식이란 말도 있지 않니? 특별한 연락이 안 가면 아무 일 없는 거니까 너무 걱정 말거라. 바쁘다고 컨디션 관리 소홀하지 말고,

일찍 일찍 자고.

"예, 걱정 마세요. 먼저 끊으세요, 엄마."

―그래.

어머니는 잠시 망설이다 전화를 끊었다.

통화 종료음과 함께 이도원은 자리에서 일어났다.

"바쁘다, 바빠."

그는 자조적으로 중얼거리며 데킬라를 넣어두고 노트북을 켰다. 백 엔터테인먼트에서 온 서류들을 검토하고 결재해야 하기 때문이다.

*   *   *

다음 날도 이도원은 시침이 5를 가리키는 새벽 5시 정각에 눈을 떴다. 새벽같이 일어난 그는 스트레칭과 체력 단련을 해서 몸을 이완시킨 후 화술 훈련을 했다. 매일 아침 병행하는 이 과정만 네 시간이 걸렸다.

방문을 연 이진빈은 땀범벅인 이도원을 보고도 익숙한 표정이었다. 매일 아침 보는 광경이었기 때문이다. 이내 그는 정리해 온 내용을 보고했다.

"오늘도 하루 종일 촬영입니다. 전 일정 조정을 안 해도 되는 촬영 기간이 너무 편합니다."

이진빈이 헤실거리며 웃었다.

마주 웃은 이도원이 대답했다.

"그럴까 봐 할 일을 좀 만들어 뒀다. 영화 촬영 기간 동안 난 혼자 다녀도 되니까, 넌 오늘부터 백 엔터테인먼트 미국 지사로 출근한다."

"미국 지사로요? 왜요?"

이진빈은 당황해서 물었다. 그곳에는 아직 아무것도 없기 때문이다.

달라붙는 상의를 훌렁 벗은 이도원이 샤워실로 들어가며 그의 의문을 해소해 주었다.

"오늘부터 시작될 차지은의 미국 활동 계획을 메일로 보내 놨다."

화들짝 놀란 이진빈이 물었다.

"헐, 갑자기 미국 활동이라니요?"

샤워 부스 안에 들어간 이도원이 물을 틀며 크게 답했다.

"줄리아 패닝에 관한 서류도 확인해 봐!"

이진빈을 백 엔터테인먼트 미국 지사로 보낸 이도원은 자차를 몰고 촬영장으로 갔다.

현장에는 스태프들 외에 낯선 얼굴들이 보였다. 그들은 대개 단조로운 의상을 입는 일반인들과 달리 눈에 띄는 코디를 구사하고 있었다. 외형적인 모습에서 직업적인 특성을 풍기는 이곳 사람들 특성상 패션업계 종사자들이라는 결론을 낼 수 있었다.

그쪽을 멍하니 바라보는 이도원을 발견한 앤 로버츠가 다가와서 설명을 해주었다.

"의상 협찬을 나온 '톰 브라운' 코디네이터들이에요. 그리고 정장을 입은 남자들은 차량 협찬 '재규어' 본사 사람들."

말을 들은 이도원은 고개를 갸웃했다.

"왜요? 우리 영화가 패션 관련된 영화나 차량 성능이 부각되는 스토리도 아닌데."

앤 로버츠는 피식 웃으며 대답해 주었다.

"덴 하디는 그 자체로 흑인 사회의 심볼이에요. 인종차별이 심했던 시대, 열악한 할렘가에서 태어나 끔찍한 시련을 딛고 최고의 배우가 되었죠. 실제로 덴 하디는 자신이 살아온 시대의 부조리에 맞선 사람이고, 그 일화들은 이미 많이 알려져 있어요. 요즘 세대들은 깊이 이해하지 못하면서도 그를 존경하죠. 그런 의미에서 덴 하디가 몰았던 차, 입은 옷이라는 것만으로 광고 효과를 가져요."

그녀의 말을 정리하면, 덴 하디의 이미지가 독보적이라는 뜻도 내포돼 있었다.

'그에 대해 알아봐야겠어.'

이도원은 덴 하디의 일화들이나 필모그래피를 좀 더 심도 있게 살펴봐야겠다고 생각했다. 그가 신념을 가진 인물인 이상 지금과 같은 이미지를 구축한 데에는 일정한 규칙이 있을 터였다.

이는 한 명의 배우로서, 그리고 배우들을 양성하는 백 엔터테인먼트 대표로서 매우 중요한 일이었다. 거인의 발자국을 따라가다 보면, 새로운 문명을 발견할 수도 있는 것이다.

'그의 삶은 앞으로 백 엔터테인먼트 배우들이 걸어갈 길에 좋은 지표가 될 수 있다. 잘만 적용하면 여러 시행착오를 줄일 수 있을 거야.'

이도원은 생각하며 모니터 앞에서 제임스 윌리스 감독과 있는 덴 하디를 바라보았다. 두 거장은 한가롭게 모닝커피를 마시며 대화를 나누고 있었다.

그때 앤 로버츠가 그에게 덧붙였다.

"덴 하디뿐 아니죠. 조연들을 보세요."

이도원은 대본에 첨부된 섭외 명단을 확인했다. 그중에는 알고 있는 이름도, 얼굴이 떠오르지 않는 이름도 있었지만, 어딘가 눈에 익다는 공통점이 있었다.

"모두 유명인인 것 같군요."

앤 로버츠가 고개를 끄덕였다.

"그래서 감독님 고민이 크신 거죠. 호화 캐스팅을 한 것까진 좋았는데, 좋은 배우들을 적재적소에 써서 그들이 가진 기량을 모두 뽑아내야 한다는 부담감이 생기니까요. 그렇지 못한다면 관객들에게 혹평을 듣고 말 거예요."

"역풍이 불수도 있다, 이겁니까?"

"그래요. 배우가 좋으면 관객들의 기대치도 같이 높아지니까요."

그녀의 말을 들은 이도원은 부담을 느꼈다. 주연인 투톱 중 한 명이라면 영화 자체에서 큰 비중을 차지할 수밖에 없기 때문이다.

"점점 덩치가 불어나는 느낌이네요. 제 어깨를 짓누르는 돌덩이도 무거워지는 것 같고요."

이도원이 비유해서 엄살을 부리자 앤 로버츠가 웃음을 터뜨렸다.

"도원은 잘할 수 있을 거예요. 강인한 의지를 가졌으니까요. 만약 그렇게 믿지 않았다면, 부담을 줄 수 있는 얘길 속 편하게 하지 않았겠죠."

"실수하신 것 같은데요."

이도원은 진담 반, 농담 반으로 답했다.

두 사람이 이런저런 이야길 주고받는 동안 스태프들이 장비 세팅을 마쳤다.

한편 '톰 브라운' 팀은 이도원이 입을 의상을 마련해 왔다.

당연한 얘기지만 차량은 '재규어'의 이번 시즌 모델이었다.

어느 정도 준비가 끝나자 제임스 윌리스 감독은 덴 하디와 이도원, 그리고 판사 역할의 조연인 클로이 포트만을 불렀다.

"오랜만이에요, 도원."

클로이 포트만이 반가운 목소리로 말했다. 또한 그녀는 다른 의미가 내포된 인사말을 덧붙였다.

"여자 친구는 한국으로 돌아갔나요?"

그 질문에 제임스 윌리스가 놀라서 물었다.

"여자 친구가 있었나?"

잠시 고민하던 이도원이 고개를 끄덕이며 답했다.

"그녀는 아직 미국에 있습니다."

그가 빙그레 웃자 클로이 포트만의 여유로운 표정에 균열이 생겼다.

'진짜 여자 친구였어?'

그런 질문이 엿보이는 얼굴을 외면한 이도원은 제임스 윌리스 감독에게 말했다.

"감독님, 콘티 설명해 주시죠."

흥미롭게 지켜보던 제임스 윌리스 감독은 얼굴 표정과 화제를 함께 바꾸며 본론을 꺼냈다.

"그래. 재밌는 얘기는 아껴 하도록 하고, 일단 이번 장면부터 설명하지. 덴과 클로이는 식당 안에서 먼저 이야기를 나누고 있을 거야. 그리고 도원이 '재규어'를 타고 등장하지. 그냥 평범하게 차를 세우면 스태프들이 알아서 멋지게 촬영해줄 걸세. 그다음에 식당 안으로 들어가면 돼."

여기까진 어려울 게 없었다.

고개를 끄덕인 이도원이 물었다.

"그다음은요?"

제임스 윌리스 감독은 콘티를 가리키며 말했다.

"우리는 도원의 풀 샷, 클로즈업 샷을 함께 촬영할 거야. 의자에 앉자마자 약을 먹게. 그리고 세 사람이 연습한 대사를 치면 돼. 표정이나 분위기는 본인에게 맡기도록 하지."

"그러지."

"알겠습니다."

"그럴게요."

그에 배우들이 고개를 끄덕이며 이구동성으로 대답했다.

손뼉을 친 제임스 윌리스 감독이 지시했다.

"그럼 각자 위치로!"

먼저 덴 하디와 클로이 포트만이 식당 안으로 들어갔다. 두 사람은 창가에 마주 보고 앉아 심각한 표정으로 대화를 나눴다.

반면 밖에서 차량에 탑승한 이도원은 호흡을 골랐다. 카메라는 모두 세팅이 끝난 상태였기 때문에 바로 촬영에 들어가도 문제가 없었다.

이윽고 앤 로버츠가 현장에 대고 외쳤다.

"슛 들어가겠습니다!"

또, 제임스 윌리스 감독이 나직이 말했다.

"롤."

카메라가 작동했다.

이도원이 시동을 걸었다.

긴장감이 치솟고, 신호가 떨어졌다.

"레디, 액션!"

이도원이 탄 차가 출발해 공터 안쪽으로 들어왔다. 이어서 차량의 타이어가 멈추며 흙먼지를 날렸다.

차량에 달린 카메라가 부분적인 장면을 모니터로 전송해 주었다.

"좋아, 바로 다음 장면으로 넘어갑니다."

제임스 윌리스 감독의 지시에 따라 스태프들이 발 빠르게 움직였다.

이도원은 차에서 내려 식당 문을 열고 들어서는 데까지 연기했다. 동작만으로 표현되는 부분이었기에 어려울 건 없었다. 다만 그는 조금 더 입체적인 장면을 위해 문을 열기 전, 식당 유리창에 얼굴을 비춰보는 움직임을 취했다.

'뭐 하나 그냥 흘리는 게 없어.'

제임스 윌리스 감독은 모니터 밖 현장으로 눈길을 돌리며 고개를 저었다.

순간, 스태프들 사이에서 자잘한 웃음이 터졌다.

그 소리가 오디오에 걸렸다.

"컷!"

촬영을 중단한 제임스 윌리스 감독이 물었다.

"뭔가?"

"죄송합니다!"

웃음소리를 냈던 스태프들이 사과를 했다.

제임스 윌리스 감독은 더 나무라지 않고 모니터를 돌려보았다. 방금 전 촬영된 장면을 본 그는 웃음이 터진 이유를 알 수 있었다.

'이 녀석 봐라?'

화면 안의 이도원은 창문을 통해 얼굴을 확인하고 있었다. 타이를 바로 메고 구렛나루와 코털을 정리하다, 묘한 표정을 지으며 태연한척 기침을 해댔다. 이어 '당기시오'가 된 문을 밀며 얼마나 당황했는지를 보여줬다.

이런 연기는 영화 내용 자체의 무거움을 덜어줄 수 있는 희극적인 애드리브였다.

'과장된 표정과 몸짓이 자연스러운 수준을 넘지 않고 있다. 풍부한 무대 경험과 촬영 경험을 가진 노련한 배우만이 보여줄 수 있는 연기야.'

제임스 윌리스가 감탄한 이유는 따로 있었다. 이도원은 화면에 클로이 포트만이 나오지 않았음에도 투명한 유리창을 통해 그녀와 눈이 마주쳤다는 사실을 관객들에게 보여주고 있는 것이다.

촬영 분량을 함께 보던 앤 로버츠가 웃으며 말했다.

"이건 스태프들을 나무랄 수 없겠는데요, 제임스."

제임스 윌리스가 고개를 끄덕였다.

"나무라려면 도원을 혼내야겠군. 그런데 애드리브를 지적하기에는 너무 적절해."

한편 식당 안의 배우들은 바깥 상황을 몰라 답답했다.

클로이 포트만이 덴 하디의 눈치를 보며 가까운 스태프에게 물었다.

"왜 다들 웃죠? 왜 이렇게 촬영이 늦어지는 건가요?"

"도원이 애드리브를 했습니다."

"애드리브라니?"

그녀가 재차 묻자 스태프가 대답했다.

"촬영이 끝나는대로 직접 보시죠. 아마 곧 식당 안 촬영을 하게 될 겁니다."

고개를 끄덕인 덴 하디가 음식을 떠먹으며 클로이 포트만에게 말했다.

"밥 먹었나? 안 먹었으면 식사나 하고 있지."

"아, 아네요."

고개를 저은 클로이 포트만이 질린 표정으로 답했다.

"선생님은 아무렇지 않으세요? 전 긴장돼서 지금 뭘 먹으면 바로 체할 것 같아요. 화장이 망가지진 않을지 신경도 쓰이고요."

피식 웃은 덴 하디가 그녀에게 조언했다.

"연기는 예쁘게 하는 게 아니야. 최대한 자연스럽게 하는 것이지."

그는 냅킨으로 입을 닦으며 물었다.

"자네는 연기를 하며 누군가의 시선을 신경 쓰나?"

"그야 당연히… 쓰죠."

클로이 포트만이 황당하다는 얼굴로 대답했다.

고개를 끄덕인 덴 하디는 뒤쪽에 위치한 식당 문을 엄지로 가리키며 말했다.

"그럼 도원이 연기하는 모습을 잘 관찰하게. 그는 아무도 신경 쓰지 않아. 자기 자신에게 집중하고, 자신의 가슴속에서 울려 퍼지는 소리에 귀를 기울이지. 그 소리를 우리는 '감정'이라고 말해."

때마침 제임스 윌리스의 목소리가 식당 밖으로부터 희미하게 들려왔다.

"액션!"

클로이 포트만은 입을 연 채로 뭘 묻지 못하고 연기에 돌입했다. 대본에는 대사가 나와 있지 않지만 서로 대화하는 씬에서, 톈 하디는 상대가 캐릭터에 서서히 몰입하며 편하게 연기할 수 있도록, 일종의 상황극처럼 극중 대사를 지어내 말을 걸어주었다.

그때 대사에 맞는 대답을 내놓던 클로이 포트만이 불쑥 경악한 표정으로 물었다.

"저 사람, 어디 가는 거죠?"

그녀가 호흡을 주고받던 것을 멈추고 묻자, 톈 하디마저 고개를 돌렸다.

스태프들이 당황한 표정으로 이도원을 따라붙고 있었다.

밖에선 제임스 윌리스 감독이 헤드폰에 대고 스태프들에게 지시를 내렸다.

―그대로 따라붙어. 화장실로 간다.

이도원이 누구의 동의도 없는 씬 추가를 시도하는 이유는 단순했다. 영화 내용상 톈 하디의 소개를 받아 또 한 명의 중요한 조력자인 판사, 클로이 포트만을 만나는 순간이었다. 그런 중요한 장면인데도 불구하고 콘티를 봤을 때 너무나 평이하다는 생각이 들었던 것이다.

더욱이 이도원이 맡은 캐릭터는 불리한 입장에서 대형 로펌과 법정 싸움을 하고 있으며, 죽음에도 쫓기고 있는 상황의 인물이었다. 당연히 초조할 수밖에 없고, 이 자리가 중요할 수밖에 없다는 뜻이다. 더욱이 완벽주의를 추구하는 인물이 문 앞에서 창피한 모습까지 들켰다면……

거기까지 생각한 이도원은 캐릭터에 몰입한 상태로 캐릭터의 행동을 따라갔다. 지금이 촬영 중이라는 사실을 잊고, 몸이 시키는 대로 움직인 것이다. 그래서 아무도 예상치 못한 돌발적인 애드리브가 나올 수밖에 없었다.

화장실에 도착한 이도원은 세수를 한 뒤, 세면대를 잡고 물기 가득한 얼굴로 거울을 노려보았다. 그의 시선이 머무는 곳은 이마의 붉은 반점이었다. 한참 무표정하던 얼굴이 순간 와락 일그러졌다. 그는 절망적인 표정으로 씹어 뱉듯 중얼거렸다.

"젠장."

그 모습을 카메라가 담았다.

모니터를 보던 제임스 윌리스 감독은 턱을 괴고 고민에 빠졌다.

'이도원은 짜여 있는 동선에서 탈선했다.'

다행히 상대 배우와 호흡을 맞추는 상황은 아니었지만, 스태프들 입장에선 충분히 당황스러운 경우인 것이다.

반면 이도원의 표정 연기는 내밀한 심리를 드러내고 있었다. 충분히 찬사를 받아 마땅한 애드리브였다.

제임스 윌리스 감독은 속을 알 수 없는 표정으로 이도원의 연기가 끝날 때까지 잠자코 기다렸다.

"컷!"

컷 사인이 떨어지자 모두의 시선이 그에게 집중됐다.

어떤 반응을 보일지 기대하는 사람들의 눈빛을 뒤로하고, 제임스 윌리스 감독은 이도원을 향해 손짓했다.

부름을 받은 이도원은 지금 상황을 기다리던 사람처럼 다가갔다. 그 역시 호된 꾸지람을 들을 수 있다는 것을 감안하고 펼친 연기였던 것이다.

"내가 왜 불렀는지, 누구보다 잘 알고 있겠지?"

그렇게 물은 제임스 윌리스 감독이 말을 이었다.

"교만하고 경솔한 행동이었네."

"죄송합니다."

이도원은 살짝 고개를 숙이며 덧붙였다.

"비록 지나친 욕심이었더라도, 모두와 같은 욕심이었습니다. 보다 완성도 높은 영화를 만들고 싶은 욕심이었죠."

턱 끝을 매만지며 고민하던 제임스 윌리스 감독이 입을 열었다.

"반성의 기미가 없군. 자네가 감독의 자존심을 건드리는 말을 서슴없이 뱉고 있다는 것은 알고 있나? 자네의 돌발 행동은 내 각본에 대한 모독일세. 단순히 표현 방식을 각색한 게 아니고, 없던 씬을 추가하며 내용 자체를 건드렸어."

"인정합니다."

이도원은 부정하지 않았다.

그때 제임스 윌리스 감독이 말을 이었다.

"…대개의 감독들은 그렇게 말했겠지. 하지만 내 생각은 자네와 같네. 우리 모두 이 영화를 촬영하며 같은 욕망을 가져야 해. 자신을 위해 전체의 밸런스를 해쳐서는 안 되겠지만 전체를 위한 과욕은 부려도 돼. 설령 누가 눈살을 찌푸리든 손가락질을 하며 욕설을 퍼붓든, 지금처럼 영화에 대한 애정을 숨기지 말게."

전혀 다른 해석이었다.

심지어 제임스 윌리스 감독은 이도원의 행동을 이해하고 지지했다. 그는 진심으로 즐거워하고 있었다.

"나 역시 영화를 위해서라면 살인 빼고 무슨 짓이든 할 사람이야."

제임스 윌리스 감독은 이도원을 용서하는 이유를 그 말 한마디로 대변했다. 감독이 이렇게까지 말하자 다른 스태프들도 더 이상 토를 달지 못했다. 그들은 불편한 기색이 남은 표정으로 다시 촬영에 들어갈 준비를 했다.

나름대로 감동받은 이도원이 고개를 숙였다.

"이해해 주셔서 감사합니다."

그러고는 덧붙여 말했다.

"동의를 구할 수가 없었습니다. 그 순간, 제 몸이 멋대로 움직였어요."

누군가는 핑계라고 하겠지만, 제임스 윌리스 감독은 그 같은 심정을 이해하고 있었다. 그는 비록 배우가 아니었지만, 수많은 배우들을 겪은 노련한 감독이었기 때문이다.

"그 느낌을 잊지 말게."

제임스 윌리스 감독은 빙긋 웃으며 조언했다.

한편 한 시간째 같은 자리에 앉아 그들을 보고 있던 클로이 포트만은 불평을 삼켰다. 대선배인 덴 하디 앞에서 감히 불만을 내뱉을 수가 없었던 것이다.

허나 그녀는 덴 하디의 눈까지 속일 수는 없었다.

"그가 괜한 애드리브를 했다고 생각하나?"

그의 질문을 받은 클로이 포트만이 조심스럽게 대답했다.

"영화는 모두가 협력해서 만들어야 한다고 배웠어요. 그의 독단적인 행동은 모두에게 피해를 줬다고 생각해요."

덴 하디는 고개를 끄덕이며 말했다.

"그렇군. 그런데, 그가 어떤 피해를 줬지?"

순간 클로이 포트만은 말문이 막혔다.

덴 하디가 그 틈을 비집고 되물었다.

"촬영 시간을 지체한 것? 아니면 감독이 대본에 써놓지 않은 장면을 만들어낸 것?"

피식 웃은 덴 하디는 자문자답 했다.

"촬영 시간은 우리 중 누구든 지체할 수 있네. 또 없던 씬을 추가한 것도 감독이 용서했고. 그럼 아무 문제가 없는 것 아닌가? 따가운 시선을 받을 게 두려워 새로운 시도를 하지 못하는 것보다, 영화를 위해 뭐든 해보는 것이 훨씬 열정적이고 용기 있는 판단일세."

클로이 포트만은 단숨에 꿀 먹은 벙어리가 되었다. 따지고 보면 이도원에게 괘씸죄를 물을 수 있는 건 시나리오를 쓴 감독뿐이었던 것이다. 감독이 그를 나무라지 않은 이상, 누구도 이도원을 나무랄 수 없었다.

그때 팔짱을 낀 채 벽에 기대어 두 사람의 대화를 듣고 있던 카메라감독이 끼어들었다.

"내 생각은 조금 다르네, 덴."

덴 하디가 카메라감독을 바라보자, 그가 부연했다.

"감독과 배우들만 일하는 게 아니지. 스태프들은 허수아비인가? 적어도 스태프들과 상의를 하고 방향을 정해야 했어. 의견을 내세우는 것을 보고 탓하는 게 아니질 않나."

그에 덴 하디는 고개를 저었다.

"일부러 스태프들을 무시한 게 아니고, 아마 물어볼 수가 없었을 걸세. 그런 순간이 있지. 지금 놓치면 언제 돌아올지 모르는 순간 말이야. 배우가 절정으로 몰입한 순간을 지켜주는 것 또한 스태프들의 몫이네."

두 사람의 시선이 얽혔고 불꽃이 튀었다.

그사이 이도원이 화장실 문 앞에 자리를 잡았다.

이내 카메라가 돌아가고 제임스 윌리스 감독이 촬영 지시를 내렸다.

"레디."

"이 문제는 나중에 다시 얘기하지."

카메라감독의 말에 덴 하디가 콧방귀를 뀌었다.

"뭐 대단한 얘기라고 다시 하나?"

그들은 감정을 풀지 못하고 각자 자리로 흩어졌다.

원래 있던 자리 그대로 남은 덴 하디는 본분에 충실했다.

"클로이, 잘 부탁하네."

클로이 포트만이 살짝 고개를 숙이며 답했다.

"잘 부탁드려요, 덴."

순간 제임스 윌리스 감독의 사인이 떨어졌다.

"액션!"

동시에 이도원이 두 사람이 앉은 자리로 걸어왔다. 그가 앉자 덴 하디가 냅킨을 펼쳐 입가를 닦으며 말했다.

"왔군. 이쪽 여성분이 켈리 판사님이네."

"교수님이 판사라고 소개해 주시니까 감동적이네요."

매력적인 미소를 지은 클로이 포트만이 이도원에게 손을 내밀었다.

"이야기는 많이 들었어요, 톰. 교수님의 수제자였다고요."

"그중 좋은 이야기는 많지 않았을 텐데요. 교수님 입으로 제가 수제자였다고 하시던가요?"

이도원이 짓궂게 묻자 텐 하다가 크흠, 헛기침을 뱉었다.

"자네가 날 오해하게끔 만들었지."

"애초에 그만큼 절 믿지 못하셨던 거죠."

이도원도 지지 않고 응수했다. 그리고 이어서 알약을 입에 털어 넣고 단숨에 물 한 컵을 마셨다.

빈 컵을 채우며 이도원이 입을 열었다.

"제가 켈리 판사님을 뵙고자 한 건 매수하기 위해섭니다."

그는 진지한 말투로 농담을 했다.

클로이 포트만은 농담을 농담으로 받아쳤다.

"친절하시군요. 직접 얼굴을 비추시는 것도 모자라, 당당히 밝히시기까지."

이도원은 고개를 끄덕였다.

"첩보전은 머리 아프거든요. 그래서 말인데, 아마 로펌 쪽에서 접촉을 해올 겁니다. 늘 그런 식으로 일을 처리했으니까요."

클로이 포트만이 살짝 웃으며 말했다.

"제가 알기로 로펌의 최연소 변호사는 톰, 당신이었다고 알고 있어요. 대부분 머리가 벗겨진 배불뚝이 아저씨들뿐인데,

제 마음을 유혹할 수 있을 것 같진 않네요. 전 섹시한 남자를 좋아하거든요."

쓰게 웃은 이도원이 답했다.

"고백이라면, 받아줄 수 없어서 유감이군요. 제 취향은 이성이 아니라서."

두 사람은 농담을 가장해 핵심을 말하고 있었다.

이도원의 시선을 받은 덴 하디가 조용히 입을 열었다.

"아마 로펌에선 은퇴 후 대표 변호사 자리를 제안할 거다. 톰의 공석을 주겠다는 건데, 꽤 매력적이야."

단지 음성이 추가됐을 뿐인데, 자연스럽게 무거운 분위기로 바뀐다. 바로 이것이 덴 하디가 가진 힘이었다.

그는 어떤 장면이든 자신이 가진 분위기를 덮어씌우는 재주가 있었다.

"하지만 거절해야 돼, 켈리. 자네가 법조인으로서 자부심을 지킬 거라고 믿지만 상대는 이 바닥을 쥐락펴락하는 대형 로펌이라 하는 이야길세."

덴 하디를 빤히 응시하던 클로이 포트만이 진지한 표정으로 답했다.

"진심이군요, 덴젤."

두 사람이 대사를 주고받는 모습을 보며 이도원은 새삼스럽게 놀랐다. 클로이 포트만은 지적이고 도발적인 여성을 누구보다 잘 살리고 있었다. 지난번 〈아스라이〉 때와는 다른 모습을 보여주고 있는 것이다. 그리고 이쯤에서, 이도원은 그녀의 실력이 몰라보게 발전한 원인을 찾을 수 있었다.

'덴 하디의 영향이다.'

덴 하디는 거울 같은 배우였다. 그는 상대 배우가 능동적으로 움직이게 만든다. 자신의 연기를 통해 감정 전이를 일으키고, 상대 내면 깊이 숨었던 감정까지 극적으로 끌어낸다. 따라서 상대 배우는 몰입도의 정점을 찍을 수 있고, 심지어는 잠재돼 있던 재능까지 발현하게 될 수 있다.

이도원은 내색하지 않고 자신의 차례에 대사를 쳤다.

"제가 두 분께 하고 싶은 말은 단 하나입니다."

이도원이 검지를 쭉 펴며 말했다.

"전 어떤 일이 있더라도, 죽을 때까지 포기하지 않고 싸웁니다. 두 분도 양심을 따라 주십시오. 그럼 우리는 이길 수 있을 겁니다."

이도원은 턱 끝을 치켜들고 담담한 어조를 유지했다.

절제된 연기 속에 단단한 의지가 묻어나왔다. 덴 하디와 클로이 포트만이 동화됐고, 스태프들도 그의 결연한 모습에 뭉클해졌다.

이도원은 리액팅에 능한 덴 하디를 관찰하는 것을 넘어 그가 가진 연기 호흡을 받아들이려 시도하고 있었다. 자신이 직접 투명한 거울이 되어 상대 배우들의 내밀한 감정을 끄집어 내고 있는 것이다.

이 경이로운 순간을 포착한 제임스 윌리스 감독은 혀를 내 둘렀다.

'현재 진행형으로 성장하는군.'

그전까지 이도원의 연기가 물결치는 파격이었다면 지금은 고요한 수면을 보는 것 같았다. 홀로 등장하는 장면에선 강렬 하게 감정을 드러냈고, 상대역과 함께 연기할 땐 투명하고 절 제된 연기로 여유를 남겨두었다.

달리 말해 감정의 폭발과 수축을 자유자재로 할 수 있게 된 것이다.

"으음."

순간 이도원이 신음을 흘렸다. 건강의 악화로 갑작스러운 통증을 겪는 듯, 숨을 참고 이를 악물며 점차 표정을 일그러 뜨렸다. 그는 얼굴색이 붉어지자 멈추었던 숨을 풀었다. 가쁜 호흡이 터지며 감정선이 폭발했다.

"잠시… 실례하죠."

이도원은 재킷 밑단을 꽉 말아 쥐며 고통을 이겨내는 시늉 을 하고는 자리를 박차고 일어나 문을 나갔다. 그 움직임에서 억눌린 분노, 억울한 감정이 비쳤다.

왜 하필 내게 고통이 찾아왔는가? 묻는 듯한 이도원의 표정을 엿본 클로이 포트만이 덴 하디에게 물었다.

"…치료부터 받아야 하는 것 아니에요? 심각한 상태인가요?"

그에 덴 하디는 디저트로 나온 커피를 마시며 대답하지 않았다. 묵묵부답하고 있었지만 표정에서 감정을 모두 읽을 수 있었다. 그의 얼굴은 주름 하나까지 섬세하게 조각해 놓은 예술품처럼, 복잡한 심리를 반영하고 있었다.

각 배우들의 연기를 모니터로 바라보고 있는 제임스 윌리스 감독은 뿌듯할 수밖에 없었다. 그는 주먹을 꾹 쥐며 크게 외쳤다.

"컷, 오케이!"

평범한 연출을 계획한 장면인데도 배우들은 기대하던 것 이상의 무언가를 보여줬다. 그들은 연기를 할 때마다 각자 색깔을 드러내며 긴장감을 만들어냈다. 뿐만 아니라 세 배우의 호흡도 누구 하나 부족하거나 과하지 않게 떨어졌다. 배우들의 호연으로 인해 현장 스태프들도 작업 속도가 붙고 절로 흥이 났다.

2장

반응

두 달 동안 촬영은 일사천리로 진행됐다.

촬영 전 날, 이도원은 호텔 의자에 앉아 담당 미용사에게 머리를 맡겼다. 죽어가는 환자를 연기하기 위해선 머리카락을 몽땅 밀어야 하는 것이다.

"정말 괜찮으시겠습니까?"

미용사가 걱정스레 물었다. 제임스 윌리스 감독이 모자를 써도 된다고 했기 때문이었다.

이도원은 고개를 끄덕였다.

"괜찮습니다, 시원하게 밀어주세요."

미용사는 조심스럽게 머리를 밀었다.

이도원은 눈을 감지 않고 눈앞의 거울을 직시했다. 수북하던 머리카락 곳곳이 뭉텅이로 떨어지는 장면은 섬뜩한 느낌을 주었다.

'이 감정을 활용해야 돼.'

머리를 밀고 날카로운 면도칼이 뿌리부분까지 모두 잘라낼 때까지 이도원은 눈을 떼지 않았다. 담담하게 바라보는 그를 보며 미용사가 물었다.

"연습하고 계신 것 맞죠?"

이도원의 표정을 읽은 것이다.

그는 미용사조차 단번에 알아볼 수 있을 정도로 죽음을 앞둔 환자의 고통, 공포, 미련 따위의 감정이 고스란히 묻어나는 얼굴을 하고 있었다.

"전 연기를 위해 머리를 밀고 있지만, 누군가는 진짜 병세가 짙어 머리를 밀고 있겠죠. 그들이 어떤 심정일지 짐작해 봤습니다."

이도원이 덧붙여 말했다.

"오후에는 병원에도 가볼 생각입니다."

미용사가 고개를 끄덕이며 맞장구를 쳤다.

"전 잘 모르지만, 배우는 뭐니 뭐니 해도 관찰이 중요할 것 같습니다. 사실 저희 같은 사람들도 어딜 가든 사람들을 관찰하거든요. 먼저 헤어스타일을 보고 얼굴형과 이목구비, 체형에 좀 더 잘 맞는 스타일을 상상해 보죠. 일종의 직업병이랄까요?"

이도원은 공감되는 바가 있었다. 그 역시 언제나 사람들을 관찰하고 있었기 때문이다. 또한 스스로의 내밀한 감정들도 유심히 들여다보며 기억했다.

"헤어 디자이너나 배우나 크게 보면 예술이란 범주에 들어가는 직업이라고 생각합니다. 우리같이 표현하는 것을 목적으로 하는 직업은 세상 모든 것에서 배울 점들이 넘쳐나죠."

그 말을 들은 미용사가 빙그레 미소 지었다.

"수동적이고 능동적인 차이는 있습니다. 저희는 고객의 요청에 따라 머리를 만지지만, 배우는 자신의 의도대로 표현할 수 있지 않습니까?"

그에 피식 웃은 이도원이 답했다.

"배우도 완전히 능동적이라고 할 수는 없죠. 선택할 수는 있겠지만, 어쨌든 정해진 배역과 시나리오에 따라 움직이니까요."

이후에도 두 사람은 이런 종류의 이야기를 주고받았다.

이도원은 미용사가 하는 말을 한마디도 놓치지 않고 기억했다. 언제 또 미용사나 패션 업계 종사자를 연기해야 할지 몰랐다. 아니면 지금 대화하는 미용사와 비슷한 성격이나 연령대의 배역을 맡을 수도 있다.

'뭐 하나 흘려선 안 돼.'

삼십 분이 조금 넘어갈 즈음 머리카락이 한 올도 없는 상태가 됐다. 머리발이라는 말이 있듯이 전과 비교해 손색이 생긴 것 같았다. 어쩌면 익숙하지 않아서 그렇게 느껴지는 걸지도 몰랐지만.

반면 미용사는 썩 마음에 드는 것처럼 말했다.

"삭발이 잘 어울리는 사람은 많지 않은데, 머리가 작고 두상이 예뻐서 잘 어울리는군요. 인상이 좀 터프해지긴 했지만요."

입을 가리고 웃음을 흘리는 게, 좀체 믿음이 가질 않았다.

"확실합니까?"

이도원이 짐짓 불편한 표정으로 묻자 미용사는 낄낄대며 고개를 크게 끄덕였다.

"물론입니다, 멋집니다."

그는 엄지를 추켜세우며 덧붙였다.

"감독님한테 들었습니다. 이번 영화가 저 같은 동성애자들에 대한 편견을 깨주는 취지의 작품이라고요. 혹시 도움이 필요하면 언제든지 물어봐 주십시오."

이도원은 충격적인 사실을 듣고 어쩐지 으스스했지만 내색하지 않고 농담조로 물었다.

"그쪽 분들이 보시기에 저는 어때 보입니까?"

"글쎄요. 도원은 남녀불문하고 먹히는 스타일 같습니다. 단, 우리도 같은 성적 취향을 가지고 있지 않은 상대에게는 이성으로 다가가지 않습니다. 아직도 우리의 존재를 부정하는 많은 사람들이 오해하는 점이죠."

하긴, 이곳이 미국이었기 때문에 관대해졌을 뿐, 이도원도 한국에 있을 땐 동성애에 대한 뿌리 깊은 편견을 가진 사람 중 하나였다. 이성적으로 생각했을 땐 그들을 존중했지만 실제로 동성 간 연애가 눈앞에 보이면 미간을 찌푸렸던 것이다.

'이런 내가 동성을 사랑하는 정체성을 가진 주인공을 연기할 수 있을까?'

이도원은 눈을 지그시 감고 지난 촬영들을 돌이켜 보았다. 파노라마처럼 펼쳐진 기억 속의 그는 '병마와 싸우며 권력에 맞서는 개인'을 연기하고 있을 뿐, 주인공의 성적 정체성을 드러낸 적이 한 번도 없었다. 이런 식이면 주인공이 동성애자란 시나리오의 설정이 부차적인 도구로 전락하게 되는 것이다.

'그럼 영화는 목적성을 잃고 무의미해진다.'

그걸 시작으로, 이도원의 머릿속에 새로운 고민이 생겨났다.

*   *   *

오늘 촬영할 씬은 영화 후반부, 대기업과 동성애 노동자들 간에 재판이 진행되는 도중 병세가 악화된 것을 표현하는 장면이었다.

이도원은 원래 헤어스타일 그대로 제작된 소품가발을 쓰고 현장에 들어갔다. 모든 스태프들의 관심이 이도원에게 집중돼 있는 가운데, 마침내 촬영이 시작됐다.

"레디, 액션!"

재판장을 나선 이도원이 현기증이 나는 듯 비틀거리며 벽을 짚었다.

'좋아.'

스태프들도 이도원과 함께 호흡했다.

그대로 멈춰 있던 이도원은 두통이 심한 듯 머리를 감싸 쥐었다. 소매를 접어올린 팔에 불끈 돋은 힘줄이 안간힘을 쓰고 있다는 사실을 보여줬다.

"젠장……."

복도에서 주저앉은 그가 고개를 들었다.

바로 앞에 덴 하디가 와 있었다.

"힘들어 보이는군."

이도원은 천천히 입을 열더니 간절한 어조로 말했다.

"재판이 끝날 때까지만 버텨주면 좋을 텐데……."

덴 하디가 고개를 저었다.

"내게 맡기고 치료부터 받게. 자넨 지금 재판을 할 수 있는 몸이 아니야. 더는 무리일세."

그는 이도원의 팔을 잡고 일으켜 주었다. 부축을 받으며, 이도원이 말했다.

"이 재판, 꼭 이겨야 합니다. 오래 끌수록 불리해져요."

"자네는 지금 너무 조급해 있어."

덴 하디는 이도원을 복도 벽면에 붙어 있는 벤치에 앉히고 맞은편에 서서 턱을 괴었다.

"서둘러 이 일을 마무리 짓고 싶은 심정은 이해하네. 하지만 이런 식으로는 이번 싸움에서 이기기 힘들어. 시간을 저들 편으로 만들지 말게."

이도원은 고개를 숙이고 머리를 감싸며 말했다.

"이해요? 그런 건 필요 없습니다. 교수님의 이해는 제게 동정이나 다름없으니까요. 제가 교수님께 부탁드리고 싶은 건 제가 죽기 전에, 이 문제를 해결해 주셨으면 하는 겁니다."

입안에 침이 고여 목소리가 끊겼다. 얼굴을 감추고 있음에도 고통이 전해졌다. 그가 느끼는 고통과 함께 목소리도 점차 격앙됐다.

"제가 죽기 전에 그 불쌍한 사람들을 승자로 만들어 주십시오! 오직 법으로만 가능한 일을 해주세요. 제가 법을 좋아하는 이유는, 약자가 강자를 이길 수 있는 유일한 수단이란 것 때문입니다. 동정이라도 좋으니 그들의 억울함을 풀어주세요!"

이도원이 번쩍 고개를 들었다. 입가에는 콧물과 침이 번진 자국이 역력했고, 두 눈은 붉게 충혈돼 있었다. 또한 무릎 위에 올려둔 손은 덜덜 떨고 있는데, 손아귀에는 머리칼이 한 움큼 들어 있었다.

"자네……."

덴 하디가 차마 말을 잇지 못했다.

이도원은 공포가 가득한 눈빛을 내비쳤다.

"이 끔찍한 걸 좀 보십시오."

그는 손에 들린 머리카락을 내밀며 말했다.

"스트레스를 받아서 빠진 게 아닙니다. 독한 약물에 대한 부작용일 겁니다. 그리고 죽음이 가까워졌다는 의미일 겁니다. 교수님, 난 두려워요. 하루에도 몇 번씩, 내가 왜 이 짓을 하고 있는지 모를 때가 있습니다. 내가 믿는 건 단 하나, 지금 내가 죽기 전 할 수 있는 가장 의미 있는 일을 해야 한다는 겁니다."

그 목소리는 참담한 감정을 넘어 광기마저 엿보였다. 지금까지 장면들에서 보여주었던 담담한 모습과는 대조적이었다. 영화는 이로써 이도원이 연기하는 톰이란 인물이 점점 죽음을 향해 다가가고 있다는 것을 보여주는 것이다.

덴 하디는 유리알 같은 눈으로 이도원을 빤히 응시하며, 어렵게 입을 열었다.

"이번에도 우린 승리할 거야. 부디 자네도 자네의 싸움에서 이기게."

위태롭게 반짝이는 눈빛과 감출 수 없는 걱정이 담긴 표정이 덴 하디의 절제된 연기력을 잘 나타내고 있었다.

제임스 윌리스 감독은 두 배우의 연기력에 감탄하며 사인을 보냈다.

"컷, 오케이!"

롱 테이크로 촬영된 장면이다. 그럼에도 두 배우의 연기는 첫마디부터 끝마디까지 조금도 흔들리지 않았다.

제임스 윌리스 감독이 등을 기대며 툭 뱉었다.

"완벽이란 말이 있다면 저 둘에게 해야겠군."

곁에 앉은 앤 로버츠 역시 고개를 주억거렸다.

"불과 몇 달 전, 저랑 촬영할 때와는 비교도 안 되네요."

"톡톡 튀는 천재적인 느낌은 없는데… 덴을 한 명 더 보는 것 같단 말이지."

제임스 윌리스 감독은 고개를 갸웃했다. 이십 대의 배우가 덴 하디와 비견되는 노련한 분위기를 가졌다는 것이 선뜻 납득되지 않았기 때문이다. 이도원이 무려 이십 년이나 타임 슬립했다는 사실은 그 누구도 상상할 수 없는 대답이었다.

한편 이도원은 장소를 이동하는 즉시 촬영에 들어갈 다음 장면을 위해 고민했다.

'죽어가는 사람들을 연기해야 한다.'

이도원은 머리를 삭발한 날을 떠올렸다.

긴 하루였다. 저녁 내내 중환자실에 머물렀고, 게이 바(Bar)에서 밤을 샜던 것이다. 하지만 진즉 준비했어야 할 노력이기에, 그것만으로는 한없이 짧고 부족했다.

'머릿속에 그려지지 않아.'

연기할 모습이 떠오르지 않았다.

이도원의 난감한 심정과는 반대로 스태프들은 빠르게 현장을 정리하고 다음 촬영지로 이동을 시작했다. 그가 마음을 다스리지 못하고 있을 때, 덴 하디가 다가와 물었다.

"초조해 보이는군."

이도원은 지금 별로 대화할 기분이 아니었다. 그러나 하늘 같은 선배 배우의 말을 무시할 수도 없는 노릇이었기에 고개를 끄덕이며 짧게 답했다.

"연습이 부족합니다."

"그래서 대본을 붙잡으려는 건가?"

덴 하디는 이도원이 본능적으로 찾아든 대본에 시선을 보내며 다시 물었다.

"지금까지 촬영 때마다, 한 번도 어김없이 완벽한 준비를 해왔나?"

항상 넘칠 만큼 준비를 했다. 완벽하다고 생각한 적은 한 번도 없었지만 주어진 시간 내에 할 수 있는 모든 노력을 다해왔던 것이다.

"제가 할 수 있는 최선은 했습니다."

"이번에도 자네는 최선을 다했겠지. 지금은 '아차' 싶은 것뿐이고."

덴 하디가 담담하게 덧붙였다.

"흔들리지 말게. 최선의 노력을 했던 건, 전이나 지금이나 같아. 어차피 연기는 불완전할 수밖에 없지. 끝이 없으니까."

그는 이도원의 어깨를 두드리고 제임스 윌리스 감독이 있는 곳으로 가버렸다.

뒤에 남겨진 이도원은 멍한 표정이 됐다.

'완벽하려고 하지 말라고?'

잠깐 잊고 있었다.

연기는 완벽하려 하지 말고 정확하게 한다.

준비된 사람일수록 연기를 시작하기 전에는 초조하고 긴장된다. 머리를 비우고 그 불안감을 즐길 수 있어야만 준비한 모든 것을 연기하는 순간 쏟아부을 수 있다.

무대에 오르기 전 몇 번이고 되뇌던 교훈을 떠올린 이도원이 눈을 짧게 빛냈다.

배우들과 스태프들은 차로 삼십 분 거리에 위치한 제작사 세트장으로 갔다. 딱 한 씬만 촬영하면 됐기 때문에 병원에 협조하지 않고 세트 촬영으로 진행하게 된 것이다.

이도원은 세트장에 도착한 후 한쪽에 마련돼 있는 트레일러로 갔다. 텐 하디와 함께 가장 큰 트레일러로, 문 앞에는 'Dowon.L'라고 이름이 새겨져 있었다.

'대접이 후하네.'

이도원은 피식 웃었다. 지금껏 배정받은 트레일러에 비해 두 배는 넓고 잘 꾸며져 있었기 때문이다. 촬영이 길어져도 더 이상 불편하지 않을 것 같았다. 그는 이어 트레일러 안에서 분장을 받았다.

분장팀 스태프는 호기심 가득한 얼굴로 말을 붙였다.

"이제까지는 둘만 있던 적이 없어서 말할 기회가 없었는데, 전 당신의 열성팬이에요, 엄청나죠."

그녀의 목소리는 체구만큼이나 우렁찼다. 그럼에도 어울리지 않게 끈적거리는 분위기를 풍겨냈다. 마치 이도원과의 멜로를 기대하는 듯 반짝이는 눈빛도 충분히 수상했다.

'경호원이라도 대동할 걸 그랬나?'

그런 생각이 들며 으스스해졌다. 스타에게 극성팬이 때때로 위험한 존재라는 건 어느 나라나 마찬가지였기 때문이다. 더구나 그 팬이 체중이 두 배 가까이 나가는 거구의 이성이라면 더욱 위협적일 수밖에.

이도원은 몸을 살짝 움츠리며 억지 웃음을 지었다.

"감사합니다."

"당신과 사귈 수만 있다면 다이어트라도 하겠어요."

그녀는 진지하게 덧붙였다.

"내게 그건 자살행위 만큼 힘든 각오죠."

이도원은 정신을 바짝 차리고 그녀의 표정을 살폈다. 그리고 그때서야 그녀가 장난을 치고 있다는 사실을 깨달았다.

"놀랐습니다, 전 예민한 상태라고요."

원망 섞인 어조에 그녀가 껄껄 웃었다.

"긴장을 풀어주는 것도 내 일이죠. 비록 에이전트는 아니지만 배우들은 내게 얼굴을 맡겨요. 그래서 우리는 서로 이해하고 배려해야 돼요. 신뢰가 중요하죠."

이도원은 그녀가 그런 말을 하는 이유를 어렵지 않게 알 수 있었다. 그는 촬영을 빼면 현장에서의 대부분의 시간을 대본과 모니터를 보며 소진했다. 비록 고의는 아니었지만 감독과 배우를 제외한 현장의 누구와도 소통을 하지 않았던 것이다.

그 점을 지적한 그녀가 말을 이었다.

"속 좁은 좀팽이들은 당신더러 재수 없다고 해요. 난 그렇게 생각하지 않지만 그들의 생각도 이해하죠. 현장에서 당신을 백업해 주는 사람들 입장에선 서운할 수 있어요. 서로 존중과 감사를 가슴에 새기고 작업해야 하는데, 당신은 전혀 소통하려 들지 않으니까, 다들 들러리가 된 느낌이랄까?"

이도원은 일순 말문이 막혔다. 그런 의도가 전혀 없었지만 본의 아니게 오해를 사고 있었던 것이다.

충격받은 표정을 본 그녀가 빙긋 웃으며 덧붙였다.

"라고, 감독님이 전해달라고 하시더라고요. 제임스는 상대방에게 잔소리하는 걸 질색하죠. 그래서 시킨 게 분명해요."

이도원이 고개를 흔들며 말했다.

"이런 중요한 사실을 저만 모르고 있었군요."

"내가 보기에는 당신은 지금껏 중요한 점을 간과했어요. 어쩌면 연기를 잘하고 못하고 하는 문제보다 더 중요한 걸요."

그녀는 아주 솔직하게 말했다.

이도원은 한국의 제작 현장에 익숙해 있었다. 미국과 비슷하지만 다른 점이 있다면 주연 배우의 특권의식이 기본적으로 적용된다는 사실이었다. 하지만 이곳은 한국이 아니고, 그런 핑계는 무의미했다.

"어떻게 해명해야 될까요?"

이도원이 묻자 그녀가 어깨를 으쓱였다.

"굳이 해명이 필요할까요?"

우문현답이었다.

멍청한 질문을 던진 이도원이 고개를 저었다.

'지금부터 개선하면 될 것을.'

어차피 그 사람을 말해주는 건 현재의 행동일 따름이다.

이도원은 그리 생각하며 그녀에게 고개를 살짝 숙였다.

"고마워요."

명찰이 눈에 들어왔다. 그리고 두 달의 촬영 기간 동안 매 번 분장을 받았음에도 모르고 있던 이름을 붙였다.

"마샤."

그녀, 마샤는 흐뭇한 얼굴로 답했다.

"별말씀을."

그 후 이십 분 동안 분장을 마친 이도원은 부쩍 푸석하고 창백해진 얼굴로 트레일러 밖에 나갔다.

앤 로버츠가 그를 보며 씨익 웃으며 감탄했다.

"몰라보겠네요, 진짜 아픈 것 아니죠?"

이도원은 살짝 미소 지으며 고개를 끄덕였다. 그가 한 걸음, 한 걸음 현장을 향해 다가가며 만나는 스태프들이 인사를 건 냈다. 그전까지는 의식하지 못하고 대충 답했던 인사말들이 귀에 들어왔다.

'난 지금까지 뭘 한 거지?'

스태프들의 인사에 정성스럽게 대답하며, 절로 쓴웃음이 나왔다. 지금까지 같은 팀에게 다가가지 않고 겉돌았던 건 이도원이었던 것이다.

"제임스."

그는 제임스 윌리스 감독에게 말을 붙였다.

"감사해요. 덕분에 제가 얼마나 나쁜 놈이었는지 알게 됐습니다."

농담조 안에는 진심이 담겨 있었다.

그 점을 잘 알고 있는 제임스 윌리스 감독이 씨익 웃으며 대답했다.

"나는 누구든 모르고 하는 실수가 있다고 생각하네. 지금 나도 분명 무슨 실수를 하고 있겠지. 언제고 알게 된다면, 바로잡으면 되는 실수들 말이야."

"심오한 말이라 선뜻 알아듣진 못하겠습니다."

이도원이 능청스럽게 말하며 덧붙였다.

"하지만 앞으로 같은 실수 말라는 뜻인 건 알겠군요."

제임스 윌리스 감독이 피식 웃으며 고개를 끄덕였다.

"그럼 됐네. 말귀가 어두운 것 치곤 꽤 정확하군."

그는 고개를 돌려 촬영 준비 진행 상황을 확인하며 외쳤다.

"시간이 없어! 빨리 빨리 움직이게."

앤 로버츠가 메뚜기처럼 뛰어다니며 스태프들을 독려했다. 그리고 마침내 모든 장비 세팅이 끝나자, 제임스 윌리스 감독이 이도원을 보며 입을 열었다.

"자네 단독 씬이 끝나면 덴과 함께 들어가게 될 거야."

그는 콘티를 보여주며 말을 이었다.

"이렇게 클로즈업 샷으로 처리할 생각이네. 자네의 표정이 중요해. 호흡기에 의지해 심신의 고통을 참는 모습을 보여줬으면 좋겠어. 그저 보고만 있는 관객들이 다 아파서 표정을 일그러뜨릴 정도로 말일세. 이 장면 하나로 지금까지 생략한, 병마와 싸우는 과정을 대신해야 돼."

실제로 제임스 윌리스 감독은 내용에서 이도원이 병들어 죽어가는 장면을 최소화했다. 대부분의 장면들이 법정 내외에서 이뤄지는 공방을 스펙터클하게 다루고 있었다. 그가 휴먼 드라마와 법정 스릴러의 느낌을 함께 원했기 때문이다.

그 점을 감안하고 생각한 이도원이 물었다.

"몇 초 정도 고려하십니까?"

편집 후 표정을 관객에게 보여주는 시간을 질문한 것이다.

잠시 고민하던 제임스 윌리스 감독이 짧게 답했다.

"5초. 최장 15초."

즉, 아무리 길어도 표정연기 15초 만에 관객의 공감을 얻어내야 한다는 뜻이었다.

이도원은 바싹 마른 입술을 축이며 고개를 끄덕였다.

문득 제임스 윌리스 감독이 그를 보았다. 이도원의 얼굴에 쓰여 있는 감정은 두려움도, 부담감도 아니었다. 그는 흥분으로 들떠 있었다.

'이번에는 뭘 보여줄까?'

제임스 윌리스 감독은 미처 자신의 얼굴 역시 이도원과 같은 색으로 얼룩지고 있다는 사실을 깨닫지 못한 채, 현장을 뚫어져라 응시하며 외쳤다.

"다들 마무리하세요. 바로 촬영 들어갑니다!"

*　　　*　　　*

조명이 켜지고 반사판이 들어왔다.

스태프들의 그림자가 카메라에 가려졌다.

이도원은 스태프들에게 둘러싸여 있었지만 카메라 앞에 있는 유일한 사람이고, 혼자였다.

"롤!"

멀찍이서 제임스 윌리스 감독의 외침이 들려왔다.

이도원은 눈을 지그시 감은 채 심장박동을 느꼈다.

'롤.'

솜이 물을 흡수하듯 의식이 영화 속 인물에게 빨려갔다.

순간적인 몰입으로 '톰'이 된 이도원이 눈을 떴다.

"레디!"

긴장된 공기가 잠깐 숨통을 옥죄었다. 하지만 이내 적응되며 부담감은 씻은 듯 사라졌다.

'레디.'

이도원은 속으로 뇌까리며 준비를 마쳤다. 차가운 병원 시트, 답답한 호흡기의 촉감만 남고 촬영 세트장을 뜻하는 모든 배경이 녹아내리기 시작했다. 그리고 마침내 병실에 홀로 누운 그에게 끔찍한 스트레스가 들이닥쳤다.

'아아!'

절로 숨이 막혔다. 죽음에 대한 두려움과 고통이 가슴 한 구석에 남아 있던 희망이란 공간을 참혹하게 일그러뜨렸다.

이내, 제임스 윌리스 감독이 지시를 내렸다.

"액션."

헤드폰을 통해 스태프들에게 간신히 전해지는 나직한 목소리. 그는 모니터로 이도원이 이미 몰입한 상태란 것을 포착하고 일부러 음성을 낮춘 것이다.

스태프들이 소리 없이 이도원을 조명했다.

이도원은 눈썹을 구긴 채 눈을 크게 뜨고 공포에 젖어 있었다. 끔찍한 고통은 살아 있다는 희망이 아닌, 죽음이 가까워졌다는 절망을 강요했다. 표정만으로 완벽한 패닉 상태를 만든 그의 눈가 주름을 따라 눈물이 흘렀다.

연기를 하는 동안 이도원은 아무 생각도 하지 않았다. 극도의 고통에 시달리는 인간이 할 수 있는 사고는 없었다.

모두가 입을 벌린 채 이도원에게 정신이 팔렸다.

그렇게, 15초가 흘렀다.

제임스 윌리스 감독은 컷 사인을 잊었다. 그는 이도원이 호흡기를 뗐을 때에서야 정신이 돌아왔다. 그리고 그쯤 스태프들이 하나 둘 깨어나기 시작했다.

'완벽하게 홀렸다.'

제임스 윌리스 감독은 누가 쫓아오는 것처럼 방금 전 장면으로 필름을 돌렸다. 카메라감독은 클로즈업에서 시작한 샷을 줌으로 당겨 이도원의 눈만 보여줬다. 그의 두 눈에 깃든 감정이 영화의 명장면으로 탄생했다는 것을 알 수 있었다.

"오케이!"

신명나는 외침이 촬영장을 가로질렀다.

이도원은 방금 전 자신을 집어삼켰던 감정이 남긴 여운을 음미하며 자리에 도로 누웠다. 다음 씬은 약 기운으로 통증이 가라앉은 그가 덴 하디와 대화를 나누는 장면이었기 때문에 이동은 없었다.

마침 막내 스태프가 이도원에게 대본을 가져다주었다.

"고맙습니다."

살짝 웃으며 말한 그는 대본을 받아서 훑어보았다. 이미 머릿속에 그려져 있는 장면을 대본과 대조해 보며 재확인하는 과정이었다.

'이번에는 내가 변호하는 동성애자들과 같은 입장이 돼서 연기를 해야 된다. 지금까지처럼 흉내 내는 정도로는 안 돼. 이번 장면에서 울림을 줘야만 지금까지 미흡했던 부분을 채울 수가 있다.'

이도원은 속으로 자신과의 싸움을 선포했다. 오랜 편견을 흔적 없이 지우고 지금껏 이해하지 못했던 것들을 온전히 받아들여야만 했다. 그리고 누구보다 절실하게 공감해야 관객들을 설득시킬 수 있다. 그래야만 깊은 울림을 줄 수가 있는 것이다.

거기까지 생각하자 가슴속이 답답해왔다. 얼굴 위로 드러난 그의 거북한 표정을 발견한 덴 하디가 제임스 윌리스 감독에게 말했다.

"이번에는 좀처럼 마음을 다잡지 못하는 것 같은데?"

제임스 윌리스 감독이 고개를 끄덕였다.

"단 한 장면, 짧은 순간에 동성애자들의 입장을 관객들에게 납득시키고 공감을 끌어내야 하니까."

"아까 전처럼만 해주면 좋겠군."

대답한 덴 하디가 어깨를 으쓱이며 덧붙였다.

"…쉽진 않겠지만. 도원은 대사보다 표정과 몸을 더 잘 쓰는 배우네. 전번에 침묵이 전달한 강렬한 감정을, 이번에는 대사 톤에 담아야 돼."

한편 이도원을 응시하던 제임스 윌리스 감독이 담담한 목소리로 답했다.

"이번 장면을 잘 살리면 전에 촬영했던 법정 씬은 '절제된 연기'로 비춰지겠지. 하지만 이번에도 호소력이 부족한 표면적인 연기로 그친다면 캐릭터가 동성애자로서 가지는 깊은 감정들은 관객들에게 시시하게 느껴질 걸세."

이도원의 연기적에 대한 고민이 해결됐는지는 아무도 알 수 없었다. 그는 말을 아꼈고, 현장의 누구도 먼저 말을 걸지 않았다. 이는 그가 집중할 수 있도록 배려한 제임스 윌리스 감독의 지시가 있기 때문이었다.

"그는 어떤 문제에 부딪쳤을 때, 혼자 해결하는 걸 즐기는 타입의 사람이네. 그를 혼자 놔둬."

이도원에게는 삼십 분 정도의 여유가 주어졌다. 그 시간은 제임스 윌리스 감독이 이번 장면에 대해 각 파트 감독들과 상의하고, 덴 하디와 콘티를 연구하며 발생한 틈이었다.

콘티를 함께 보던 덴 하디가 물었다.

"따로 지시 없이 들어가도 괜찮겠나?"

그의 눈길은 이도원에게 머물러 있었다. 제임스 윌리스 감독이 이도원에게만 별도의 지시를 내리지 않았기 때문이다.

정작 제임스 윌리스 감독은 걱정 없는 표정으로 대답했다.

"한번 맡겨보고 생각하지. 엔지나면 또 찍으면 되니까."

덴 하디는 토를 달지 않고 고개를 끄덕였다.

머지않아 촬영 준비가 마무리되자, 제임스 윌리스 감독이 손뼉을 치며 크게 외쳤다.

"자, 촬영 들어가겠습니다!"

스태프들이 이구동성으로 따라 외쳤다.

"촬영 들어가겠습니다!"

"숨 쉴 때 조심해주세요!"

두 배우가 조용히 주고받는 대사를 세밀하게 따내야 하는 장면이었다. 따라서 오디오의 민감도가 매우 높았고, 아주 작은 소리도 걸리게 마련인 것이다. 스태프들이 숨소리마저 죽이자 현장에는 정적이 흘렀다.

그 침묵을 깬 것은 제임스 윌리스 감독의 신호였다.

"롤."

이도원은 여전히 누워 있었고, 덴 하디는 병실로 꾸민 세트 문 앞에 서 있었다. 모니터를 통해 두 사람의 준비된 표정을 확인한 제임스 윌리스 감독이 지시를 내렸다.

"레디, 액션."

싸인이 떨어졌다.

덴 하디가 선 채 그대로 무거운 표정을 지었다. 답답한 심정이 엿보이지만 조금도 과장되지 않았다. 그는 절제된 연기로 아무 말 없이 다가가서 곁에 섰다.

그때 쥐 죽은 듯 조용히 누워 있던 이도원이 눈을 뜨며 천장을 바라본 채로 물었다.

"빈손입니까?"

덴 하디는 대답 대신 서류 가방에서 항소장을 꺼냈다.

"자네가 좋아할 선물로 가져왔네. 재판이 다시 시작될 거야."

이도원은 여전히 고개를 돌리지 않고 질문했다.

"지난번에도 준비는 완벽했습니다. 그런데도 졌죠. 이번에도 같은 일을 반복한다면 결과 역시 바뀌지 않습니다."

고개를 여러 차례 끄덕인 덴 하디가 한 가닥 미소를 띠며 말했다.

"그래서 다른 방식을 취했네. 주 검찰을 통해 기업 비리를 고소함으로서 판을 흔들어놨네. 덩치가 크면 그만큼 때릴 곳도 많고 반응도 늦는 법, 아마 조만간 결정적인 약점이 드러날 걸세."

거기까지 들은 이도원은 대각선으로 고개를 돌렸다.

"교수님."

덴 하디를 부른 그는 사이를 두고 호흡을 다졌다. 보통 사람보다 불편하고 미약하게 숨을 쉬고 있었지만, 천천히 또박또박 뱉는 목소리만큼은 똑똑히 전달됐다.

"교수님은 법을 왜 시작하셨습니까? 왜 능력을 썩힌다는 말을 들어가면서까지, 약자의 편에서 변호를 하십니까?"

이도원은 대답을 기다리지 않고 말을 이었다.

"'다름'에 대한 사회의 편견은 질서를 통해 많이 없어진 것 같지만, 그 내면을 들춰보면 결코 나아지지지 않다는 것을 알 수 있습니다. 노출되지 않은 음지에선 아직도 여전히 남들과 다른 소수 약자들은 핍박을 받고 있죠."

호흡이 미세하게 들끓었다. 분노를 억누르는 것이다.

"일부는 상대적인 특권을 누리고 싶어 합니다. 그리고 사회적 약자들이 그 희생양이 되죠. 더구나 사회적으로 배척받는 성소수자들이라면 더욱 타깃이 되기 쉽습니다. 반발할 힘이 부족하니까요."

표정이 일그러지고 눈가가 촉촉해졌다.

그런 이도원을 보며, 덴 하디는 복잡한 얼굴을 했다.

"그런 마음을 가지고서, 왜 그동안 바보 같은 짓을 해왔나? 지금에서라도 변화했다면 진정 기쁜 일이지만… 난 지금까지 자네가 해왔던 일에 대한 변명을 듣고 싶네."

이도원의 관자놀이를 타고 흐른 눈물이 베개를 적셨다. 그는 한 줄기 희미한 미소를 띠며 질문에 대답했다.

"지금처럼, '다른'사람들과 한편에 서기가 두려웠습니다. 제 성 정체성을 부정하고 싶었죠. 때문에 항상 제 속의 본능적인 욕구가 결여돼 있었습니다. 그 결핍을 사회적 지위와 물질로 채우려했지만 점점 더 심해질 뿐이더군요. 그때부터 누구에게 도 들키지 않을 수 있고 아무도 손가락질 할 수 없는 위치에 오르는 것만이 제게 주어진 운명의 해답이라고 여겼습니다. 남들의 시선이 두려워 지금껏 제 자신을 속이며 살아온 겁니다."

그는 자조적인 웃음을 터뜨리며 덧붙였다.

"한 술 더 떠서 저와 같은 고통을 겪고 있는 사람들을 상대 로 칼을 겨눴죠. 그들을 끔찍이 혐오하고, 할 수만 있다면 도 려내고 싶었던 제 자신의 일면으로 여겼던 겁니다. 그들을 괴 롭히고 공격함으로서 나는 다르다는 안도감을 얻은 거죠."

이도원의 어조는 마치 신부를 앞두고 고해성사를 하는 신 도 같았다. 십 수 년 동안 납덩이처럼 가슴속 깊숙이 감춰두 었던 한과 설음을 마침내 밖으로 끌어올려 내보인 것이다.

이야기를 모두 들은 덴 하디스 의자를 끌어다 자리에 앉았 다. 그는 두 손을 세모로 모으며 얼굴을 묻었다. 그리고 묵직 한 음성으로 말했다.

"용감하군."

이도원은 다시 고개를 돌려 천장을 바라보며 답했다.

"용감한 게 아닙니다. 그저 지금껏 남들이 정체성을 알까 봐 겁을 냈던 것처럼, 죽음 뒤에 벌을 받을까 봐 또다시 겁을 내고 있는 겁니다. 비겁하죠."

고개를 저은 덴 하디가 말했다.

"자네의 문제점은 비겁하다는 게 아니야. 누구나 겁을 내니까. 자네가 겪은 모든 문제들의 원인은 바로 자네가 스스로를 부정한다는 것일세. 이 모든 비극은 잘못해서가 아니라, 자기애가 결핍돼서 일어난 일이야. 그러니 지금이라도 바로잡는다면 용서받을 수 있네."

이도원은 소리 없이 오열하고 있었다.

일그러진 표정을 타고 눈물이 주룩주룩 흘렀다. 수도꼭지를 튼 것처럼 좀처럼 멈추지 않았다. 수 년 간 외면했던 죄책감을 위로 받는 느낌이 든 것이다.

"정말… 제가 속죄할 수 있는 겁니까?"

"그래."

덴 하디가 확신하며 고개를 끄덕였다.

"자네는 최선을 다했어. 나머지는 내가 마무리 지을 테니까, 마음 편히 쉬게. 그래야 앞으로도 소외된 많은 사람들을 구할 수 있지 않겠나?"

롱 테이크가 끝났을 때, 제임스 윌리스 감독이 외쳤다.

"컷."

곁에 앉아서 숨죽이던 앤 로버츠가 감탄했다.

"저 두 사람한테는 엔지가 필요 없겠는데요?"

물론 엔지가 아예 없었던 건 아니었다. 하지만 단 한 씬도

10테이크를 넘은 적이 없었다. 고로, 조금 과장하면 그녀의 말도 틀린 건 아니었다.

"소리 없이 오열한 부분에서, 확 왔는데."

중얼거린 제임스 윌리스 감독이 물었다.

"어느 부분에서 울었나?"

그 말처럼 앤 로버츠는 눈가가 촉촉해져 있었다. 대놓고 묻는 말에 창피해진 그녀가 눈가를 훔치며 답했다.

"전, 도원 캐릭터인 '톰'이 죽는다는 사실에 처음부터 울었어요."

"자네는 너무 감성적이야. 그렇게 마음이 약해서 어찌 감독이 되겠나?"

투덜대듯 말한 제임스 윌리스 감독이 스태프들을 손짓해 부른 뒤 한 명씩 같은 질문을 던졌다.

그 결과 모든 스태프들이 이 장면을 보며 가슴에 파문을 느꼈다는 사실을 확인할 수가 있었다. 즉, 이도원의 호소력이 먹혔다는 반증이었다.

"오케이 하지."

제임스 윌리스 감독이 결론을 내리자 스태프들이 이구동성으로 외쳤다.

"오케이, 오케이시랍니다!"

결과를 기다리던 덴 하디가 이도원의 어깨를 두드리며 말했다.

"수고했네."

이도원이 고개를 살짝 숙이며 답했다.

"수고하셨습니다."

말투는 담담했지만 가슴 깊은 곳에서부터 짜릿한 희열이 올라왔다. 어려운 장면을 만족스럽게 끝내고 오케이 싸인을 받는 순간은, 배우가 아니면 상상할 수 없을 만큼 짜릿한 성취감이 함께하는 순간이었다.

'오케이.'

이도원은 속으로 그 한마디를 되새겼다. 동시에 모니터를 확인하기가 두려워졌다. 방금 어떻게 연기했는지, 전혀 떠오르지 않았기 때문이다. 무사통과 했으니 엉망일 리는 없지만 생각했던 것과 다를 수는 있었다.

'아니, 생각해 둔 연기가 있기는 했나?'

피식 웃음이 나왔다. 사실 어떤 연기를 해야지 생각한 적이 없었다. 연기를 시작하기 직전까지도 어떻게 연기를 해야 할지 갈피를 잡지 못했던 것이다. 그저 몰입했고 몸이 움직였다. 굳이 대사를 떠올리지 않아도 머릿속에 각인돼 있었고, 상황과 맞아떨어지며 저절로 말이 흘러나왔다.

이도원이 이런저런 상념에 사로잡혀 있는 그때, 덴 하디가 권했다.

"촬영도 끝났는데, 모니터링하러 가지."

그 말에 심장이 두근두근 뛰었다.

이도원은 거절하지 않고 답했다.

"그러시죠, 덴."

두 사람은 모니터로 다가가 방금 촬영한 장면을 확인했다. 오늘 촬영이 모두 끝난 터라 스태프들 역시 장비 철수를 미룬 채 구름처럼 몰려들어 모니터링에 동참했다. 그리고 이내 환호와 박수가 터져 나왔다.

말하자면 무아지경에 빠져 연기를 펼쳤던 이도원은 전율을 느꼈다. 극도의 집중력을 발휘해 몰입했던 순간, 기억도 나지 않는 모습이 모니터로 나오고 있는 것이다.

제임스 윌리스 감독은 깍지를 낀 손으로 머리를 받친 채 굵직하게 촬영종료를 알렸다.

"이제 중요한 장면은 모두 끝났군. 모두들 수고했네. 약속대로 개봉 전 영화의 내용은 가족에게도 발설하지 말도록."

즐거운 웃음이 터져 나왔다.

스태프들과 배우들 모두 촬영을 무사히 끝낸 성취감과 함께 고생한 전우애를 느끼고 있었다. 이 순간이야말로 영화를 하는 이유였다. '이 기분에 영화하지!'란 말이 어울리는 장면인 것이다.

"그럼 철수 준비 하자고."

스태프들이 흩어지며 바쁘게 움직였다.

구경꾼들을 해산시킨 제임스 윌리스 감독이 배우들에게 말했다.

"두 사람은 잠깐 나 좀 보지."

일어나려던 이도원과 덴 하디는 자리에 도로 앉았다.

그들을 빤히 응시하며 제임스 윌리스 감독이 입을 열었다.

"스태프들에게는 따로 얘기할 생각이지만… 아마도 개봉이 조금 지체될 것 같네."

그게 무엇이든, 예정과 영화 스케줄이 틀어진다는 건 불길한 징조였다. 그 점을 익히 잘 알고 있는 덴 하디가 눈살을 찌푸리며 물었다.

"그게 무슨 소린가?"

"교회 측에서 영화 개봉을 반대하고 있네. 이해해 줬으면 좋겠군."

"교회는 나도 다니네, 제임스."

덴 하디는 이어 물었다.

"크리스천이라고 해서 모두가 반대하는 건 아닐 텐데?"

제임스 윌리스 감독이 고개를 끄덕였다.

"동성 결혼이 합법적이라는 판결 후에도 꽤 많은 교회들이 동성애를 하나님의 창조 질서를 어기는 죄라고 외치며 반대하고 있네. 심지어 소속된 교단을 탈퇴하면서까지 반대를 강하게 외치는 교회들도 있어. 그들이 영향력을 발휘할 수 있는 지역에선 상영 허가가 안 떨어지고 있는 상태네. 심지어 배급 사나 미국영화협회 측에서도 직접적이진 않지만 간접적으로 동성애를 지지한다며 내용 수정을 요구하고 있어."

설명을 들은 덴 하디는 심각한 표정으로 입을 닫았다.

이도원도 별달리 할 말이 없었다. 여기서부턴 배우가 할 수 있는 일이 없었기 때문이다.

감독을 믿고 기다리는 수밖에 없는 것이다.

"이대로 허가를 받아낼 수 있겠나?"

덴 하디의 질문을 받은 제임스 윌리스 감독이 미미하게 웃으며 답했다.

"당연하지, 조금만 기다려 주게나."

촬영이 모두 끝난 이도원은 한 달 동안 로스앤젤레스에 위치한 백 엔터테인먼트 미국 지사에 머물렀다.

먼저 미국 지사에 가 있던 이진빈은 그사이 직원들을 뽑고 줄리아 패닝과 계약을 채결해 둔 상태였다.

"…그래서 일 년 동안 줄리아의 전속 에이전트 역할을 하게 됐습니다."

"신경 쓸 게 늘겠군."

"확 늘겠죠."

이진빈은 생각만 해도 골이 아픈지 미간을 찌푸렸다. 전도유망한 아역 배우와 계약한 건 기뻐할 소식이었지만, 그만큼 에이전트로서 역할을 해야 한다는 의미기도 했다. 아직 할리우드에 지분에 약한 백 엔터테인먼트로서는 첩첩산중을 앞둔 상황인 것이다.

그럼에도 이도원은 비교적 희망적이었다.

'위험도가 큰 건 어쩔 수 없다. 줄리아 패닝이 우리와 계약을 채결한 걸 후회 안 하도록 자금을 아끼지 말고 투자해야 한다.'

마음을 굳게 먹은 그가 말했다.

"앞으로 미국 지사에도 유능한 인적 자원을 최대한 확보할 생각이야. 그리고 희망한다면 너도 해외 파견 근무를 할 수 있어. 누구보다 이곳 경험이 많으니까."

살던 곳을 떠나 타지에서 일한다는 것은 쉬운 결정이 아니었지만, 아무래도 연봉이나 조건 면에서 차이가 나기 때문에 고민해 볼 가치가 있었다.

따라서 이진빈은 고개를 끄덕이며 대답했다.

"생각해 볼게요, 형."

"그래."

이도원은 고개를 끄덕이며 손에 들려 있는 줄리아 패닝의 계약서로 눈길을 돌렸다.

나머지 조항을 꼼꼼히 확인해 보고 있을 때, 이진빈이 다른 주제로 보고했다.

"제임스 윌리스 감독의 이번 영화… 기대하셔도 좋을 것 같습니다. 미뤄지고 있긴 한데, 제임스 윌리스 감독 측에서도 막연히 기다리고 있는 게 아니에요."

"그런 것 같더라."

이도원도 어느 정도 들은 바가 있었다.

제임스 윌리스 감독은 영화 개봉을 잠정적 중단하고 제목과 내용도 공개하지 않았다. 교회 측과의 마찰을 해결하는 동안 영화에 대한 모든 부분을 불문에 붙여 관객의 호기심과 관심을 자극하려는 속셈인 것이다. 이런 특이한 방식의 마케팅은 제임스 윌리스 감독이기에 가능했다. 이어서 이진빈이 현재 돌아가는 상황을 보고했다.

"오랜만에 만나는 제임스 윌리스 감독의 영화라서 그런지 전작과 다른 미스터리한 방식의 마케팅이 꽤 효과를 보고 있습니다. 야심차게 준비한 느낌이 든다고나 할까요? 그동안 마치 뭔가를 벼르는 사람처럼 한참 쉬면서 드라마 촬영만 했었잖아요."

관객 반응을 전해 들은 이도원은 제임스 윌리스 감독이 머리를 잘 썼다는 생각이 들었다.

"괜히 거장이 아니네. 위기를 기회로 바꾸는 능력이 놀라워."

"예. 또 이번 영화 관계자들 사이의 후문으로는, 교회 측과 협의가 끝나는 대로 아무런 홍보 없이 불시에 전국 상영관 동시 개봉을 준비하고 있답니다. 갑작스럽게 올라온 영화에 관객들은 당황하면서도 즐거워하겠죠."

원래 기대 못한 선물을 받았을 때 더 기쁜 법.

제임스 윌리스 감독은 영화에 대해 최대한 많이 노출시켜 관객을 모으는 일반적인 홍보와 정반대의 방법을 취하고 있었다. 바로 이점이 관객의 발걸음을 사로잡을 터였다.

이진빈이 덧붙였다.

"그 이름 하나로 티켓 파워를 발휘하는 제임스 감독이 아니면 시도하지 못할 도박이죠."

"우리 영화에는 아주 탁월한 방식이야."

이도원은 씨익 웃으며 말을 이었다.

"덴 하디까지 있으니까."

그에 이진빈이 퉁명스러운 목소리로 끼어들었다.

"왜 이도원은 빼세요? 형이 상상하시는 것보다 훨씬 큰 팬덤이 형성돼 있다고요."

그가 지적한 부분은 사실이었다. 이도원은 제임스 윌리스 감독이 만든 인기드라마 〈하트펑션〉에서 본격적으로 각광받기 시작했다. 이는 전작인 〈아스라이〉까지 재조명받는 계기가 되었다.

그로 인해 이도원은 짧은 기간 동안 연기력이 발전한 배우라는 인식을 심을 수 있었다. 〈아스라이〉 때도 연기력이 썩 훌륭했는데, 〈하트펑션〉에선 압도적인 모습을 보여준 것이다. 그런 실정이니 이도원이 덴 하디와 투톱으로 출연한 이번 영화에 대해 관객의 기대감이 클 수밖에 없었다.

물론 이도원도 알고 있는 사실이었지만 김칫국부터 마시고 싶진 않았다. 모든 편집이 끝나고 영화가 개봉했을 때 관객의 반응을 보고나서야 잘했다, 못했다 말할 수 있다고 여긴 것이다.

"식장 들어가기 전까진 모른다. 아무리 잘했다고 생각해도 막상 스크린에 걸렸을 때 엉망이면 못한 거니까."

"역시… 준식이 형 말이 맞았어요."

뜻밖의 대답에 이도원이 눈을 치켜떴다.

"걔가 뭐라는데?"

"형은 일종의 미신이 있다고 하더라고요. 들뜨거나 겸손을 잃으면 반드시 부정 탄다고 생각한다고."

이진빈의 대답을 들은 이도원은 웃음을 터뜨렸다.

"역시 준식이가 날 잘 아네."

말을 하다 보니 보고 싶은 몇몇 얼굴이 떠올랐다.

바로 가족들과 백 엔터테인먼트 식구들이었다.

문득 그들 생각을 하던 이도원이 이진빈에게 물었다.

"한국 가고 싶지 않아?"

이진빈은 짐짓 심각한 표정으로 고개를 저었다.

"전 괜찮습니다. 이미 한국을 떠날 때부터 들었거든요. 형을 따라가면 일에 치여서 평생 못 돌아올지도 모른다고요."

모두들 이도원을 일벌레로 보는 것 같았다.

뭐, 틀린 말은 아니지만.

"다들 내 뒤에서 그렇게 수군거리고 있었다 이거지? 그래도 내가 명색이 대표인데, 한국 돌아가면 치도곤 한번 해야겠네."

이진빈은 어깨를 으쓱였다.

"전 말한 적 없는 겁니다. 형."

"너 말고 누가 말해?"

짓궂게 웃은 이도원이 말을 이었다.

"신소리는 이쯤하고, 내가 보고 받지 못한 부분으로 브리핑해 줘. 한국 소식으로."

그에 이진빈이 기다렸다는 듯 대답했다.

"자사 소속 배우들 소식은 자세히 보고받으셔서 잘 알고 계실 테니까 레드엔터 이로빈 대표, 김진우 씨, 유태일 감독님 소식을 말씀드리겠습니다."

그중에는 듣고 싶지 않은 소식이 섞여 있었다.

이도원이 나직하게 말했다.

"레드 엔터 소식은 빼고, 김진우랑 유태일 감독님만."

이진빈은 뜨끔한 표정을 짓더니 생각을 정리해 입을 열었다.

"일단 김진우 씨는 집행유예로 나왔습니다. 그리고 현재는 유태일 감독님 영화를 함께 촬영 중입니다. 김진우 씨에 대한 여론이 워낙 안 좋아서 아무리 유태일 감독님 영화라도, 이번에는 수익분기점을 넘기 힘들 거라고 짐작합니다."

"관계없다. 유태일 감독님과 약속한 게 있어. 당신 영화에 참여하겠다고 의사를 밝혔었지."

"형, 설마……."

이진빈이 말끝을 흐리자, 이도원은 고개를 끄덕였다.

"영화 시나리오는 진작 읽어봤다. 내용은 좋아. 유태일 감독님 영화면 연출도 두말할 필요 없지. 문제는 김진우 이미지가 안 좋다는 건데, 영화의 재미로 상쇄할 수 있다. 입소문이 돌 정도로 많은 사람들이 보게만 만들면 돼. 내가 그 기회를 만들어줄 생각이고."

그는 전에 없이 결연한 어조로 말했다.

이도원은 이미 국내에서 최고라는 소리를 들었고, 미국에서까지 명성을 떨쳤다. 따라서 마음만 먹으면 한국 영화계에도 강한 입김을 불 수 있었다. 다만 지금까지 나서지 않았을 뿐, 그에게 티켓 파워를 발휘하는 것쯤은 간단한 일이었다.

순간 이진빈은 의문을 품었다.

"설마 직접 출연하실 생각이세요?"

이도원은 부정하지 않았다.

"그래. 하지만 카메오 식으로 몇 씬 정도."

목소리에서 확신이 우러났다. 단 몇 씬 출연하는 것만으로도 관객들을 스크린 앞으로 데려다 놓을 수 있다는 자신감이었다. 일반적인 스타라면 잠깐 출연하는 정도로 관객을 부르긴 힘들겠지만 이도원은 달랐다. 그는 할리우드를 놀라게 한 한국인인 것이다.

더구나 몇 씬 정도라면, 회사에서도 반대할 이유가 없었다.

"알겠습니다."

이진빈이 대답했고, 이도원은 화제를 돌렸다.

"앞으로 활동 계획 좀 줘 봐."

"없는데요."

짧막하게 대답한 이진빈이 덧붙였다.

"좀 쉬시랍니다. 본사 전략기획팀에서 그렇게 메시지가 왔어요."

이도원은 눈살을 찌푸렸다.

"안 그래도 이번 영화하면서 실력도 는 것 같고 재미도 붙었는데 쉬라니? 이십 대는 돌아오지 않아."

"형처럼 바쁜 이십 대 없을 거라고, 롱런하시려면 휴식도 중요하다고 합니다. 본사에서요."

이진빈은 기계적으로 말했다.

이도원이 피식 웃으며 물었다.

"네 사견이 포함된 것 같은데. 실시간 텔레파시라도 하냐?"

"…뭐 제 생각은 맞습니다만, 본사 의견도 완전 일치합니다. 모든 답신이 형님이 휴식하실 수 있도록 조치하라는 지시였어요."

확고한 대답을 들은 이도원은 고민에 빠졌다. 빠져나갈 궁리가 필요했던 것이다.

회사의 경영면에선 대표의 역할과 권위를 누리더라도, 계약이나 스케줄 부분은 소속 배우로서 회사의 방침에 최대한 협조해야 할 의무가 있었다.

따라서 이도원은 조심스레 물었다.

"내가 활동을 원한다고 요청해도 이번에는 힘들겠지?"

나직이 한숨을 쉰 이진빈이 단호하게 답했다.

"예, 그럼요. 힘들죠. 한 달 정도는 아예 회사 일도 내려놓고 가족들과 휴가라도 다녀오시라고 하던데요."

거기까지 대화를 나눈 이도원은 잠시 눈을 감고 생각에 잠겼다.

'가족들에게 너무 소홀하긴 했어.'

또 한 사람.

차지은도 마음에 걸렸다.

지금 같은 상태로는 그녀와 관계에 어떤 발전도 기대할 수 없었다.

'뭔가를 얻으려면, 다른 뭔가를 포기해야 한다.'

이런 생각은 이도원이 늘 갖고 있는 강박관념이었다.

'하지만……'

달걀 껍데기가 갈라지며 깨져나가듯 이도원의 강박관념에도 서서히 금이 가고 있었다. 차지은을 통해 처음으로 예외라는 것이 생겼고, 공적인 만족과 사적인 만족 모두를 취하고 싶다는 욕심이 생겼다.

그로 인해 결단을 내렸다.

"좋아. 가족들과 여행도 다녀오고, 연애 사업도 좀 하고, 사람답게 여유도 즐기다 오도록 할게."

"헐."

이진빈이 믿기지 않는 표정으로 말했다.

"진심이세요? 전혀 예상하지 못했습니다. 사실 본사 사람들도 그랬을 거예요. 형이 고집하시면 억지로 말릴 수도 없을 테니까."

호들갑을 떠는 그를 보며 이도원은 피식 웃었다.

"단, 휴가 직후 공연 연습 일정을 잡아줘. 두 달 정도 바짝 연습하고 올리는 공연으로."

이진빈은 놀라 물었다.

"공연이요? 하지만 형, 그런 공연이 어디에……"

"글쎄."

이도원은 마치 준비해 둔 사람처럼 브로드웨이 배우모집 공문을 꺼내서 들이밀었다.

"어마어마한 규모의 공연이다. 작품도 그 유명한 〈햄릿〉이야."

"이건 어디서 나셨어요?"

"윌리엄 잭슨의 홈 파티 갔을 때 슬쩍했다."

단지 휴가 일정을 생각 못했을 뿐, 그때부터 이미 영화가 끝난 후 가야 할 방향을 정해두고 있던 것이다.

이진빈은 속은 기분으로 허탈하게 말했다.

"미리 말씀 좀 해주시죠."

"원래 충무로 기대주 신지호 감독 단편 영화 하나 들어갔다가 공연할 생각이었는데… 포기하고, 쉬다가 공연 올리는 걸로 하지."

일사천리로 말하는 이도원을 보며 한숨을 푹 쉰 이진빈이 대답했다.

"본사에는 그렇게 전달할게요. 자세한 건 좀 더 알아봐야겠지만… 공연 규모가 크긴 해도, 오디션에서 떨어질 일은 없을 것 같습니다. 〈영웅〉이나 순회공연으로 이름을 알리기도 했고, 연극 판에서 실력이나 인지도 면에서 경쟁자라고 할 만한 배우들은 대부분 다른 작품에 참여하고 있을 테니까요."

"듣던 중 반가운 소리네."

이도원은 소파에 등을 기대며 말했다.

"가능하면 대본을 미리 받아둬."

이진빈이 질린 표정으로 물었다.

"설마 휴가 기간에도 연습을⋯⋯?"

"그런 건 아니고."

이도원이 손을 내저으며 덧붙였다.

"어차피 호흡이나 발성 훈련은 하루도 쉴 수 없어. 연기는 하루를 쉬면 이틀은 퇴보하니까. 어쨌거나, 기왕 할 훈련이면 공연할 대본으로 하는 게 좋잖아?"

그제야 고개를 끄덕인 이진빈이 답했다.

"알겠습니다. 대본을 먼저 받을 수 있는지 알아볼게요. 그리고 개봉 날짜랑 영화 홍보 일정이 나오면 또 보고하겠습니다. 교회 측과 협의해도 협의 내용에 따라 편집을 해야 되니까 아마 서너 달은 소요될 거라고 연출부에서 알려왔어요. 아마도 공연 끝날 때쯤 관객들과 만나실 수 있을 것 같습니다."

"좋아, 그럼 비행기 편 잡자."

빙그레 웃은 이도원이 덧붙였다.

"기왕이면 차지은 귀국 날과 맞춰서."

귀국 길, 이도원은 차지은과 나란히 앉았다.

그는 곧장 수면 안대를 착용하고 취침 모드에 들어갔다.

지난번 고백 사건 후 '어떤' 대화를 기다리고 있던 차지은은 벙 찌고 말았다.

'뭐하는 거야? 설마… 삐졌나?'

이런 유치한 면이 있을 리가.

그녀는 확인 차원에서 불러보았다.

"오빠?"

이도원은 안대를 슥 내리더니 물었다.

"왜?"

영락없이 토라진 말투다.

차지은이 웃음을 참으며 믿기 힘들다는 표정으로 물었다.

"설마 삐졌어요?"

"에이 설마."

이도원은 다시 안대를 덮고 말했다.

"삐진 게 아니고, 단단히 화가 났지."

차지은이 이해할 수 없다는 듯 물었다.

"왜요?"

아무리 생각해도 이도원이 화가 날 일은 아니었다. 지금껏 그녀의 마음을 밀어냈던 것도, 매번 무심했던 것도 그였다.

"이건 아니죠."

차지은이 울분을 토로하려던 찰나, 이도원이 의자에 기댄 채로 입을 열었다.

"네가 생각해도 이건 아니지?"

그는 듣기 좋은 저음으로 덧붙였다.

"그래서 나 자신한테 단단히 화가 났다. 내가 왜 그랬을까
싶어서. 연기는 언제 어디서든 할 수 있고, 연기를 하는 이상
난 배우인데, 왜 한시 바삐 더 넓은 세계로 가려는 생각만 했
을까?"

뜻밖의 내용이 이어지자 차지은은 말을 잃었다.

"고민을 해봤어."

불쑥 고개를 돌린 이도원이 안대를 내리며 반짝이는 눈을
마주쳤다.

반면 눈길을 받은 차지은은 숨이 턱 막히며 이도원의 동공
속으로 빨려 들어갈 것만 같았다. 그녀는 꼼짝도 할 수 없었
다. 잠시 후 침묵을 비집고 이도원이 말을 이었다.

"왜 난 미래만 보고 있었을까? 어째서 내 주위에서 현재를
의미 있게 만들어주는 소중한 사람들을 외면했을까? 그리고
결론을 내렸지. 난 여러 가지 연기를 해보고 싶고 좋은 배우
고 되고 싶었지만… 어느 순간 성공에 심취해서 비싸고 화려
한 배우가 되고 싶었던 건 아닐까."

한숨을 크게 내쉰 그가 안대를 도로 쓰며 고개를 돌렸다.

"나 자신에게 너무 화가 났다. 누구한테도 말할 수 없었지.

최고의 배우는 없다고, 최고의 순간만 있을 뿐이라고 하셨던 안 선생님의 말씀이 왜 이제야 와 닿을까? 이런 생각들 탓에 머릿속이 하얘져서, 아무런 생각도 들지 않더군."

긴 독백이었지만 차지은은 결코 길게 느껴지지 않았다. 그녀 역시도 배우였기 때문이었다. 이도원이 내뱉는 혼잣말은 유명세를 얻은 배우들이 빠지는 흔하지만, 치명적인 딜레마였다.

"하필이면 왜… 제게 그런 말을 해요?"

"내가 이번에 휴가를 받았거든."

뜬금없이 말한 이도원이 덧붙였다.

"통 못 봤던 가족들과 시간도 보내고 다시 초심으로 돌아가기 위한 혼자만의 시간을 갖게 될 것 같은데… 내가 그 기간 동안 꼭 가보고 싶은 장소가 있어. 다시 삶의 의미를 찾아야겠다고 생각한 후 가장 먼저 떠오른 곳이지. 근데 그곳에 가려면 네 허락이 필요해."

차지은은 미간을 찌푸리며 물었다.

"제 허락이 왜 필요해요? 언제부터 그랬다고."

그에 이도원이 미안한 웃음과 함께 대답했다.

"너랑 함께 가고 싶거든. 근데 맨입으로 허락해 줄 것 같지는 않고, 내가 후회하고 있다는 핑계를 대면 마음을 돌려주진 않을까 싶어서 얘기한 거야."

차지은이 헛웃음을 뱉었다.

"오빠 진짜 못됐어요. 배우 안 됐으면 분명히 사기꾼이 됐을 거야. 그렇게 말하면 내가 거절 못 할 줄 알고."

"부정하진 않을게. 하지만 내 말은 모두 한 점의 거짓 없는 사실이야."

이도원은 진지한 목소리를 냈다. 하지만 안대 때문에 얼굴이 보이지 않아 진의를 알아보기가 힘들었다.

그럼에도 차지은은 그의 속내를 이해했다.

'앓는 소리 내는 게 익숙지 않은 사람이니까.'

부끄러울 것이다. 안대로 눈을 가린 채 시선을 마주치지 못할 정도로.

"좋아요, 함께 가요. 하지만 제 부탁도 하나 들어줬으면 해요."

잠시 말이 없던 이도원이 말했다.

"얘기해."

고개를 끄덕인 차지은은 입술을 달싹이다가 조심스럽게 대답했다.

"저를 소속사에서 내보내주세요."

이후, 두 사람은 비행하는 동안 말이 없었다.

이도원은 어떤 질문이나 대답도 하지 않았다.

어째서 계약 해지를 요구하는지, 계약 해지를 해줄지 말지.

결국 차지은이 먼저 운을 뗐다.

"…자요?"

"아니."

"불편하지만, 답답해서요."

그녀가 이어 물었다.

"왜 아무것도 묻지 않아요?"

"이유는 알고 있고, 대답은 나 혼자 내릴 수 있는 결정이 아니니까."

이도원은 무뚝뚝하게 대답했다.

그에 차지은이 눈을 휘둥그레 떴다.

"제가 이런 극단적인 선택을 하게 된 이유를 알고 있다고요?"

"물론."

대답한 이도원이 말했다.

"나랑 개인적인 감정 문제는 아닐 거야. 엄청나게 심사숙고해서 결정을 내렸을 테고. 정확히 말하면 계약 해지 요청이 아닌, 은퇴 결심이겠지."

"귀신이네요."

차지은은 나직이 한숨을 쉬었다.

"오랫동안 생각한 문제에요."

이도원은 그녀만큼이나 심각했다.

'타임 슬립 전 차지은은 은퇴하지 않았다.'

원래대로라면 그녀는 앞으로 십 년 동안 계속 왕성한 활동을 해야 한다. 이도원이 알고 있던 현실이 바뀐 것이다.

'하긴, 얼마나 많은 사람들의 운명이 달라졌는데.'

이제 와서 새삼스러울 건 없었다. 처음 현실이 바뀌었을 때 찾아왔던 혼란과 공포도 더 이상 느낄 수 없었다. 더불어 타임 슬립 하기 전 기억 역시 깊이 가라앉아 버려 자연스럽게 떠오르지 않았다. 그 자신이 겪었던 기적에 대해 무감각해진 것이다.

단지, 차지은이란 배우가 사라지는 건 안타까웠다.

같은 배우로서.

이도원은 대화를 미루기로 했다.

"한국에 돌아갈 때까지 생각해 보고 말해줘. 나도 중도 계약 해지가 가능할지 검토해 보고 알려줄게."

차지은은 고개를 끄덕이며 말했다.

"제가 왜 그런 결정을 내렸는지, 그것도 묻지 않네요."

"궁금해. 네가 말할 때까지 기다려 주고 싶을 뿐."

대답을 들은 그녀가 조심스럽게 입을 열었다.

"원래부터 생각은 있었어요. 하지만 이 바닥은 한 번 발을 들이면 그만두기가 쉽지 않죠. 전 항상 두려웠어요."

불행인지 다행인지 이도원의 이름이 나오진 않았다.

그는 차지은의 심정을 십분 이해하며 답했다.

"네 말처럼 힘들겠지. 작품을 끝냈을 때처럼 무기력하고 우울해질 거야. 그보다 더할 수도 있고."

많은 배우들이 작품을 끝내면 후유증에 시달린다. 작품에 집중하던 생활이 무너지며 정체성을 잃은 것 같고, 수십 년을 함께한 친구를 잃은 것 같은 느낌이 든다. 허무한 박탈감이 전신을 잘근잘근 밟아댄다.

그런데 십 수 년 동안 해왔던 연예인 생활을 그만둔다면 엄청나게 고통스러운 시간을 보내게 될 수도 있다. 인기란 강한 중독성을 동반하기 때문에 다시 돌아가고 싶어질 테고, 평생을 바쳐 해왔던 일을 그만둔 데 대한 상실감은 날로 커져갈 터였다.

"후회하지 않겠어?"

이도원의 물음에 차지은이 고개를 끄덕였다.

"혼자라면 힘들겠지만 함께라면 이겨낼 수 있어요."

그녀는 이도원을 빤히 보며 대답했다.

"제 인생의 목표가 훌륭한 배우였던 적은 없어요. 저는 늘 행복한 삶을 꿈꿨죠. 저보고 순진하다, 경솔하다고 할 수도 있지만… 후회하지 않을 거예요. 데뷔는 다시 할 수 있지만 사랑은 지금뿐이니까요."

차지은은 지금처럼 늘 용감했다.

반면 이도원은 항상 비겁하게 피해왔다.

적어도 두 사람의 관계에서만큼은 그랬다.

"언제부터 그런 생각을 했지?"

그가 묻고 차지은이 답했다.

"오빠한테 고백받았을 때부터요. 데뷔 초, 매일같이 울면서 하던 고민이 다시 시작됐죠."

짓궂게 웃은 그녀가 보태 물었다.

"이제 장애물도 치워버렸겠다, 지금도 날 좋아해요?"

＊　　　　＊　　　　＊

이도원이 탄 밴이 아파트 지하 주차장으로 들어갔다. 모자를 쓰고 선글라스를 쓴 채 차에서 내린 그는 엘리베이터를 타고 올라갔다.

현관문 앞에서부터, 구수한 음식 향기가 새나왔다.

잠시 심호흡을 한 이도원은 문을 두드렸다.

"계십니까?"

그가 우렁차게 물었지만 안쪽은 잠잠했다.

얼마 후 현관문이 열렸고, 누나 이다원을 먼저 만나게 됐다.

"얼굴 까먹겠다, 까먹겠어, 아주."

그녀는 씨익 웃으며 물었다.

"누가 왔는지 좀 볼래?"

식탁에는 짐작도 못했던 얼굴이 앉아 있었다.

바로 오준식이었다.

"그런 눈으로 보지 마시죠, 대표님."

그는 어깨를 으쓱하며 말했다.

"가끔 와서 밥 먹고 그럽니다."

이도원은 코끝이 찡해졌다.

오준식이 몇 번 집에 다녀갔다는 소식은 전해 들었지만, 이런 식으로 자주 가족들을 챙겨주고 있을 줄은 몰랐던 것이다. 하지만 감동하고 낯간지러운 말로 예의를 차리는 건 두 사람 관계에 대한 실례였다.

"우리 집이 언제부터 하숙집이 됐냐."

어머니가 식탁을 차리며 따뜻한 미소로 맞아주었다.

"아들, 얼굴이 좋아 보이네."

바쁜 아들이 익숙해진 듯 어머니는 전보다 태연했다.

"연애를 해서 그런가?"

"그렇게 바쁜 와중에도… 장하다, 장해."

이다원이 짓궂게 웃으며 거들었다.

크흠, 헛기침을 뱉으며 웃음을 참은 오준식이 태블릿을 들어 식탁 위에 턱 올려두고 말했다.

"자, 그럼 그 현장 중계를 하도록 하겠습니다."

발성을 섞어 우렁차게.

"각각 따로, 미국 화보 촬영과 영화 촬영을 갔던 배우 차지은과 이도원이 오늘 함께 귀국했습니다. 이게 어떻게 된 일일까요? 기사를 보시면 '사랑의 도피'니 '밀월 여행'이니 오해가 많습니다. 제가 알기로 두 사람은 미국행 비행기를 타기 전까지 분명 소속사 대표와 배우 사이였는데 말이죠."

아니나 다를까 태블릿 화면 안에는 차지은과 나란히 귀국하는 이도원의 모습이 담긴 사진이 여러 장 있었다. 여기서 중요한 건 두 사람이 손을 잡고 있다는 것.

"김홍수 기자가 난리던데, 멋대로 특종 터뜨렸다고."

인터넷은 현재 용암처럼 들끓고 있었다.

일부 연예 포털은 접속 과부화가 걸릴 지경이었다.

오준식은 그 점을 명확히 했다.

"어머님, 누나, 그리고 난 적극 찬성이지만… 회사랑 언론, 연예계, 영화계, 방송계 싹 다 뒤집혔어. 이거 어쩔 거야? 설마 아무 생각도 없이 터뜨린 건 아니겠지?"

이도원은 손을 말아 입을 가리며 웃음을 참았다. 마치 배우와 매니저였던 때로 돌아간 듯했기 때문이다.

오준식이 눈살을 찌푸리며 말했다.

"웃을 때가 아니라고. 넌 이미지가 워낙 좋으니 그렇다 치고, 차지은은 어쩔 거야? 여긴 할리우드처럼 결혼 서너 번씩 하면서 연애한다고 막, 막, 터뜨려도 쿨하게 받아주는 곳이 아니란 말이다. 여긴 한국이라고."

결국 웃음을 터뜨린 이도원이 대답했다.

"연애하는 게 죄도 아닌데, 너무 그러지 마라. 요즘은 대중도 개방적이라고."

씨익 웃는 표정을 보니 뭔가 꿍꿍이가 있어보였다.

이도원의 치밀한 성격을 누구보다 잘 알고 있는 오준식은 한숨을 쉬고는, 이다원과 어머니에게 일러바치듯 칭얼댔다.

"저런 표정을 지을 때의 도원이는 대개 히든카드를 들고 있습니다. 하지만 같은 편한테도 절대 보여주지 않죠. 그래서 다른 사람들과 똑같이 놀라요. 매니저도 팬들의 기분을 이해할 수 있게 되죠."

이도원은 고개를 끄덕이며 수긍했다.

"그래야지, 연예계에서 살아남으려면."

오준식이 어깨를 으쓱이며 확인하듯 물었다.

"확실히 대책은 있는 거지?"

이도원은 피식 웃었다.

사실 사진은 별게 아니었다. 진짜는 지금부터니까.

"오늘 귀국했는데 일 얘기는 나중으로 미루자."

그 말에 가족들도 동의하는 눈치였다.

괜히 머쓱해진 오준식이 화제를 돌렸다.

"미국에서 선물 안 사왔어?"

"물론 사왔지."

이도원은 씨익 웃으며 쇼핑백을 흔들어보였다.

"요즘에는 어디서든 직구를 할 수 있으니까 딱히 떠오르는 게 없더라고요. 그래서 엄마 선물은 스카프랑 화장품, 누나 선물은 향수랑 티 몇 장 사왔어요."

"선물은 내용물이 중요치 않지. 정성이지, 정성."

이다원이 쇼핑백을 건네받으며 대답했다. 그녀는 입이 걸리도록 함박웃음을 짓고 있었다. 그리고 선물을 하나씩 꺼내며 말했다.

"센스 있네? 색도 잘 어울리고."

그때 곁에서 훔쳐보던 오준식이 쓸쓸한 표정으로 끼어들었다.

"그럼요, 누나. 서당 개 삼 년이면 풍월을 읊는다던데, 도원이가 데뷔한지 몇 년이에요? 그 정도면 본인이 스타일리스트 다 됐죠."

그 말을 들은 이다원이 눈을 가늘게 좁히며 농담 반, 진담 반으로 말끝을 흐렸다.

"꼭 그렇지만은 않은 것 같은데? 준식이, 넌……."

자신을 훑는 눈길에 오준식은 눈이 벌개져서 변명을 둘러

댔다.

"제게 어울리는 스타일과 누나의 취향이 일치하지 않을 뿐입니다."

그가 이도원에게 텅 빈 양손을 펼치며 물었다.

"그나저나 내 선물은?"

그러자 이도원은 손가락을 까딱이며 씨익 웃는다.

"당연히 있지. 회사에서 받아가."

"음, 직접 받지 못하는 점은 서운하지만, 내가 와 있는 줄 몰랐으니까… 그럴 수 있지."

오준식은 스스로 납득하며 상 차리는 걸 도왔다.

* * *

귀국 날, 저녁을 가족과 함께 보낸 이도원은 다음 날 회사로 출근했다. 그리고 생각해둔 대로 일처리를 하는데, 아주 차분하고 노련했다. 그는 일단 대형 회의실에서 조간회를 열어 간부들을 모두 소집했다.

가장 먼저 회의실에 도착한 이도원이 인포메이션 업무를 보고 있는 여직원에게 말했다.

"좋은 아침입니다."

아침부터 대한민국에서 가장 핫한 배우에게 인사를 받은

여직원의 표정이 황홀하게 변했고 얼굴색도 고추장처럼 붉어졌다. 이도원은 말이 회사 대표지, 대부분의 시간을 미국에 있었기에 얼굴 보기가 힘들었던 것이다.

'오늘 계 탔네!'

그녀는 생각하며 최대한 예쁜 얼굴로 답했다.

"좋은 아침입니다, 대표님."

부드럽게 말하려 했으나 표정과 말투 모두 전반적으로 경직돼 있었다. 긴장과 흥분에 익숙지 않은 일반인이 흔히 보일 법한 모습이었다.

이도원이 그녀를 지나친 것과 이 일련의 과정이 일어난 건 찰나의 순간에 불과했다. 따라서 회의실로 입장한 그는 노트북을 켜고 회의를 위해 준비한 대본을 다시 한 번 숙지했다.

'깔끔하게 정리돼 있군.'

이도원은 진한 미소를 그렸다.

그리고 머지않아 간부진이 속속들이 들어섰다.

회사 내 주요 인사가 모두 착석하자 회의장이 꽉 차는 느낌이었다. 다만 차이점은 일반적인 기업과는 달리 두발과 복장이 자유롭고 연령대도 다양하다는 점이었다.

시간이 지남에 따라 어수선한 분위기가 가라앉자 이도원이 운을 뗐다.

"모두 반갑습니다. 백 엔터테인먼트의 대표 이도원입니다."

부드럽고 묵직한 중저음이 회의장의 온도를 정했다.

너무 긴장되지도, 이완되지도 않은 적정 온도.

이내 그는 천천히 말을 이어나갔다.

"저를 처음 보시는 분도, 여러 번 보신 분도 계시겠지만, 누구도 소외감을 느끼실 필요는 없습니다. 이 자리에 계신 분들의 유일한 공통점은 저랑 서먹하다는 거니까요."

가벼운 웃음이 터져 나왔다.

웃음소리가 가라앉을 때쯤 이도원이 미소 띤 얼굴로 첫 번째 주제를 꺼냈다.

"좋은 소식과 안 좋은 소식이 있습니다. 매도 먼저 맞는 게 낫다고 하니까 안타까운 일부터 전하자면, 우리 회사의 기둥 중 한 사람인 차지은 씨를 놓아줘야 할 것 같습니다."

시작부터 충격이었다. 간부들이 웅성대기 시작했고 표정은 심각하게 변했다. 그들의 면면만 봐도 부정적인 반응이 나타나고 있다는 것을 알 수 있을 정도였다.

하지만 이도원은 얼굴색 하나 변하지 않고 턱을 괸 채 그들을 빤히 지켜보다가, 의사봉을 내리치듯 탁상을 두드렸다.

탕— 탕— 탕!

묵직한 소음이 비집고 끼어들자 잠시 일었던 소요가 가라앉았다. 모든 간부들의 시선이 이도원에게 향하자, 그는 빙긋 웃으며 다시 회의를 진행했다.

"이번에는 좋은 소식입니다. 보고를 받으신 분도 계시겠지만, 미국 지사 개막이 코앞입니다. 벌써 줄리아 패닝과 계약했고, 그 외의 계획들도 원활하게 진행되고 있습니다."

그는 덧붙였다.

"뿐만 아닙니다. 이번에 촬영한 영화가 개봉하면 전과 비교도 할 수 없는 놀라운 일이 벌어질 거라고 확신합니다. 제임스 월리스 감독이 만든 또 하나의 걸작이 세계를 즐겁게 만들어줄 테니까요. 그 영화의 주인공이 바로 저고 말이죠."

자신감 가득한 표정으로 가슴을 천천히 세 번 두드린 이도원이 흔들림 없는 목소리로 말했다.

"그럼 차지은 씨의 은퇴로 입은 손해보다 몇 배의 수익을 더 올릴 수 있을 겁니다."

그때 간부 중 한 사람이 손을 들었다. 그는 전략기획팀장으로, 주도권을 잡는 데 노련한 사내였다.

이도원이 그를 똑바로 직시하며 답했다.

"말씀하세요."

이내 전략기획팀장이 입술을 축이며 맹점을 꼬집었다.

"대표님이 분위기를 휘어잡으셔서 다들 잊으신 것 같습니다만, 회사 계약서상 차지은 씨는 지금 은퇴하실 수 없습니다. 이번 사례에서 예외를 만든다면, 앞으로도 회사의 규율을 무너질 겁니다."

이도원은 고개를 끄덕이며 동의했다.

"그렇습니다."

다시 한 번 간부들이 웅성거렸다. 전략기획팀장의 의견에 동의하는데, 차지은을 은퇴시킨다는 건 앞뒤가 맞지 않았기 때문이다. 그들의 반응을 모두 지켜본 이도원이 말을 이었다.

"국내 엔터테인먼트의 계약 조항은 배우에게 족쇄로 적용되는 경우가 빈번하죠. 저 역시도 그게 당연했고요. 하지만 미국의 에이전트 문화를 보고 좋은 쪽으로 감탄했습니다. 배우가 원하면 언제든 보내주는 방식을 취하고 있더군요. 그래서 이번 차지은 씨의 은퇴를 시작으로, 앞으로도 점차 방향성을 잡아갈 생각입니다."

그에 전략기획팀장은 고개까지 저어가며 완강하게 반대했다.

"그런 무모한 방식은 많은 문제를 야기할 겁니다. 국내 엔터 산업이 이런 구조를 띄고 있는 데에는 분명히 합리적인 이유가 있기 때문입니다. 익숙하지 않은 방식을 국내 배우들이 선호할지도 의문이고요."

"그러니까 천천히 바꿔가자는 겁니다. 그래서 차지은 씨의 은퇴 역시 계약서를 파기하는 게 아닌, 언제든 복귀할 수 있도록 활동 중지, 즉 잠정적 은퇴로 처리할 생각입니다."

이도원은 설득하는 태도로 일관했다.

"덧붙이자면 저 역시 배우로서 미국 에이전트의 계약 방식에 매력을 느꼈습니다. 소속사는 배우를 위해 존재하고, 그러니 배우가 선호한다면 충분히 도전해 볼 가치가 있다고 봅니다. 하나씩 변화를 지켜보며 조심스럽게 접근하면 됩니다. 천천히, 버릴 건 버리고 취할 건 취해가며 돌다리를 두드리면서 건너자는 것이죠."

전략기획팀장은 머리가 지끈거리는지, 콧대를 만지작거리며 대답했다.

"전략기획팀의 대표로서 의견을 표하겠습니다. 차지은 씨의 은퇴에 관해선 재차 논의한 후 긍정적인 방향으로 처리할 수 있더라도, 회사 방침 자체를 바꾸는 것을 강력하게 반대합니다. 지금도 매년 성장하고 있고, 충분히 잘해나가고 있기 때문입니다."

그는 단호했지만, 이도원 역시 쉽게 물러설 생각이 없었다.

"지금이 상승세라는 건 인정합니다. 다만 제가 느낀 사업은 공격이 최선의 방어고, 변화가 없으면 도태된다는 겁니다. 그게 팀장님의 말씀처럼 당장 안정됐다고 해서 안주하면 안 되는 이유고, 끊임없이 위험을 감수하며 새로운 방식에 도전해야 하는 이유입니다."

말을 하면서도 첫 안건부터 큰 벽에 막힌 그는 가슴이 답답해졌다. 이번 회의가 첩첩이 늘어선 산을 넘듯이 지루하고 긴

싸움이 될 거라는 확신이 들었다. 지금까지 회사 경영에 간접적으로 관여했을 뿐, 직접적으로 나서지 않았었기 때문에 간부들은 마음 놓고 반대 의견을 펼칠 것이다. 그들의 인식 속에 이도원은 회사를 경영하는 대표가 아닌 젊은 배우, 바지사장이었을 테니까.

'언제고 부딪쳐야 할 과제였다.'

이도원은 마음을 굳게 먹었다.

한편으로는 매번 이도원 대신 이런 일을 도맡아 처리해줬던 이상백에 대한 감사와 존경이 고개를 들었다. 그때마다 반대가 만만치 않았을 텐데 모두 만족할 만한 결과를 끌어내준 것이다. 다만, 언제까지 이상백에게 의존해 모든 업무를 처리할 수도 없는 노릇이었다.

생각한 그가 조용하게 말했다.

"이 안건에 대해선 한 시간 후 다시 논의하도록 하겠습니다."

이도원은 망설임 없이 자리에서 일어나 회의장을 나갔다.

자리에 남은 전략기획팀장은 등을 기대며 눈살을 찌푸렸다.

'장기전으로 가더라도 간부들의 승인을 받아내겠다 이건데……'

모두 같은 생각을 하는지 간부들은 어두운 표정으로 하나

둘 회의장을 빠져나갔다. 아마 한 시간 동안 자신의 부서나 팀을 소집해 놓고 회의를 하든가, 비슷한 직급의 동료와 대책을 의논할 터였다.

그때 옆자리에 앉은 홍보기획실장이 그에게 물었다.

"강 팀장님. 어쩌실 거예요?"

전략기획팀장이 그녀를 보며 되물었다.

"정 실장님은요?"

"전 오케이."

홍보기획실장은 뜻밖에 지지를 보내며 말했다.

"멋지잖아요? 도전의식. 우리가 모래성도 아니고, 일을 못 하는 것도 아닌데, 대표님 말씀처럼 천천히 바꿔본다고 해서 회사가 망하기야 하겠어요?"

전략기획팀장은 질문에 대한 답변은 하지 않고, 자리에서 일어나며 대답했다.

"그럼 우린 더 할 얘기가 없겠습니다. 정 실장님도 잘 판단 하셔야 할 겁니다. 이도원 대표께서 독단적으로 회의를 소집 하신 것 같은데… 아마 여기서 나간 간부들 중 열에 아홉은 이상백 대표께 연락을 하고 있을 겁니다. 아직 믿음이 쌓이지 않았다는 증거고, 그런 상태의 이도원 대표가 이런 큰 결정을 내리는 건 반발을 불러올 뿐이라고 생각합니다. 경영진이 아 닌 이상 지시가 떨어지면 따라야겠지만."

그에 입꼬리를 올리며 웃은 홍보기획실장이 어깨를 으쓱였다.

"정말 그동안의 일들을 이상백 대표님 혼자 결정하셨을 거라고 생각해요? 실패했을 때 당신이 책임을 지려고 감안해서 이도원 대표의 말씀을 안 하신 것뿐이지, 난 대부분의 제안을 이도원 대표께서 하셨을 거라고 봐요. 일처리 방식이 그렇잖아요? 무모한데 일리 있는 거."

그녀의 짐작을 들은 전략기획팀장은 코웃음을 쳤다. 그는 휴대폰을 빼들고 자신 있게 번호를 누르며 말했다.

"추측이 과장된 것 같군요. 이 자리에서 이상백 대표님께 직접 전화를 해보겠습니다. 정 실장님의 추측대로 지금까지 진행된 내용을 이도원 대표가 제안한 거라면, 나 역시 그분을 지지하도록 하겠습니다. 그 추측이 맞다면 이도원 대표는 자신의 역량을 지금껏 결과로 보여준 셈이니까요."

홍보기획실장은 씩 웃으며 답했다.

"내기는 공평하게. 저도 제 의결권을 걸죠."

한편 회의장을 빠져나와 대표실로 돌아간 이도원은 간부들의 반대가 편견 때문이라고 단정 지었다. 편견을 깰 가장 빠른 길은 입김이 지배적인 백 프로덕션 대표 이상백이 자신의 손을 들어주는 것이었다.

'지금쯤 다들 전화를 돌리고 있겠지.'

이도원은 슬그머니 미소 지었다.

아마 이상백은 전화통에 불이 나고 있을 터였다. 이런 상황을 이미 며칠 전부터 예측한 그는 일찌감치 오늘 발표할 사안을 이상백에게 보냈고, 동의까지 받아둔 상태였다. 따라서 이상백에게 연락을 취한 간부들이 얻을 대답은 명백했다.

잠시 휴식을 취하다 시간을 확인한 이도원은 화들짝 놀랐다. 어느새 50분이 훌쩍 흘러버린 것이다.

*   *   *

이도원이 회의장 문을 열고 들어서자 어두운 표정의 간부들 얼굴이 보였다. 대부분의 간부가 이상백의 답변에 지장을 받은 것 같았다. 이어서 공석이 있는지 육안으로 확인한 후 자리에 앉은 이도원이 마이크에 대고 입을 열었다.

"회의를 다시 재개토록 하겠습니다. 전략기획팀장님?"

일전 논의가 오갔던 부분까지 메모를 해둔 전략기획팀장이 마이크를 켜며 대답했다.

"휴식시간 동안 팀 자체적으로 결론을 봤습니다. 일단 저희는 차지은 씨의 잠정적 은퇴에 동의합니다. 그리고 대표님이 말씀하신 회사가 나아갈 방향성에 대해선 오랜 시간에 걸쳐 조심스럽게 추진되어야 하는 사항임을 다시 한 번 짚고 넘어가는 바입니다."

이도원은 고개를 끄덕이며 다른 간부들의 면면을 보았다. 전략기획팀장이 마지못해 납득한 것처럼, 다른 간부들 역시 불편한 표정으로 반론을 꺼내지 않았다.

그때 홍보기획실장이 손을 들었다.

"예, 홍보기획실장님."

이도원이 부르자 그녀가 의견을 발표했다.

"영화, 방송, CF, 뮤지컬까지 왕성한 활동을 하던 차지은 씨의 은퇴 소식은 파란을 불러올 거예요. 그녀는 오랜 시간 팬들의 사랑을 받았고, 그로서 구축된 이미지는 튼튼해요. 사랑스러운 그녀를 영화계나 방송계에서 은퇴시킨 후, CF나 뮤지컬에 활용하면 어떨까 합니다. 십 수 년 시달려 왔던 부담감과 미친 듯이 바쁜 스케줄이 염증의 원인이라면 굳이 좋아하는 연기나 CF까지 포기할 필요는 없잖아요?"

굉장히 그럴듯한 제안이었다. 대중의 뇌리에서 완벽하게 잊히고 싶은 게 아니라면 굳이 소속사를 나갈 필요도, 모든 활동을 접을 필요도 없기 때문이다.

"그 부분은 차지은 씨와 다시 논의해서 조율해 나가도록 하죠. 의견을 내주신 홍보기획실장님이 직접 담당해 주십시오."

홍보기획실장이 살짝 웃으며 대답했다.

"담당 업무는 아니지만… 알겠습니다."

고개를 끄덕인 이도원은 다음 안건으로 넘어갔다.

"다들 들어서 아시겠지만 이번에 제가 전에 없던 휴가를 다녀올 예정입니다. 그런데 공교롭게도 오준식, 박아현, 심재빈 배우 모두가 막 작품을 끝내고 쉬는 기간과 겹치더군요."

배우 세 사람은 같은 드라마에 묶음으로 들어갔기 때문에 드라마 종영이 되는대로 스케줄이 붕 뜬 상태였다.

물론 백 엔터테인먼트에선 세 사람의 앞으로 행보를 결정한 상태였다. 이대로라면 그들은 쉴 틈 없이 다시 활동을 해야 하는 것이다.

반면 이도원은 소속 배우들 소식을 미국에서 보고받으며 그들이 일 년 넘도록 한 번도 제대로 쉰 적이 없다는 사실을 잘 알고 있었다.

"…그래서 모두 휴식기를 갖는 건 어떨까 합니다."

그에 전략기획팀장이 다시금 반론을 펼쳤다.

"대표님, 우리 회사가 돌아가려면 수익이 끊겨선 안 됩니다. 소속 연예인이 많은 것도 아니라서 한 명, 한 명이 차지하고 있는 부분이 대단히 큽니다. 회사 내 고정적인 지출이 있는데 두 명 이상이 쉬게 되면 메우기 힘든 구멍이 생기게 될 겁니다."

이번에는 홍보기획실장도 그의 의견에 힘을 실었다.

"제 생각도 같아요. 교대로 휴식을 취하는 게 좋을 것 같습니다. 대표님은 워낙 오랫동안 일만 하셨기에 간부들도 만장

일치로 휴가를 건의한 거예요."

이도원은 빙그레 웃으며 두 사람에게 말했다.

"한국말은 끝까지 들어보셔야죠."

그는 덧붙여 설명했다.

"저 역시 회사의 재정은 보고를 받아왔던 터라 잘 알고 있습니다. 아무리 촬영 스케줄이 바빠도 보고서는 꼼꼼히 검토하고 있어요. 그래서 이번 휴가를 계획할 때 한 가지 묘안을 생각해냈습니다. 케이블 방송국과 조인해서 여행 관련한 리얼리티 예능 프로그램을 편성하는 거죠. 세 사람 모두 유명세가 있는 배우이니만큼 인간적인 매력을 어필할 수 있을 겁니다."

다들 뜻밖에 제안을 듣고 놀란 표정이 되었다.

그중 홍보기획실장이 흥분한 목소리로 말했다.

"굉장한 계획이네요! 그런데 과연 괜찮은 케이블 방송국 측에서 협조를 해줄까요? 편성이 밀려 있을 텐데 말이죠. 그렇다고 시청률이 저조하고 예능 편성에 취약한 곳을 선택하면 적자를 보게 될 거고요."

이도원은 살짝 미소를 띠며 대답했다.

"TBT 방송국의 정용주 프로듀서와 인연이 있어요. 당시 〈시간아! 돌아와〉의 PD였죠. 흥행 이후 탄탄대로를 달려 지금은 드라마국 국장이 된 걸로 알고 있습니다. 당시 조연출이었던 민영기 PD도 입김이 세고요. 좋은 투자 조건을 걸고 그쪽과 이야기를 해보면 예능국과도 함께 작업할 길이 열릴 겁니다."

그는 미국에서 활동하는 동안에도 끊임없이 인연이 있었던 관계자들의 행적을 추적해 왔다. 또한 문자나 E—mail을 통해 간간히 소식을 주고받으며 지내왔던 것이다.

이내 전략기획팀장이 물어왔다.

"따로 생각해 두신 조건이 있으십니까?"

그는 어느새 모든 것을 간파하고 있는 것만 같은 이도원에게 의존하며 묻고 있었다.

빙그레 웃은 이도원이 대답했다.

"굳이 돈 들일 필요 있겠습니까? 제가 TBT 방송국 드라마에 출연하는 걸로 하죠."

전략기획팀장이 걱정스럽게 제동을 걸었다.

"케이블 방송국은 대표님의 개런티를 맞춰 줄 엄두도 못 냅니다. 어느 정도 협상할 수 있는 수준도 아니고, 턱 없이 부족하죠."

그 말대로 이도원의 개런티는 측정하기 힘든 지경이었다. 할리우드 영화 출연료가 한 화에 10억 원을 상회하고 있으니 아무리 한국 방송계의 기준이 다르다고 한들 드라마 개런티는 부르는 게 값인 것이다.

그러나 정작 이도원은 크게 걱정하지 않았다.

"일단은 공수표면 될 겁니다. 계약 내용은 정하지 않고, 언젠가 출연하겠다는 암시만 주는 거죠. 어차피 오준식, 박아현, 심재빈 모두 스타 배우들입니다. 기본으로 보장되는 시청률이 있는데, 그들 개개인의 예능 섭외 조건을 조금만 낮춰주면 TBT 입장에서도 편성을 거절할 이유가 없다는 뜻이죠."

그에 홍보기획실장이 고개를 끄덕이며 납득했다.

"TBT 방송국으로서도 충분히 매력적인 제안이네요."

국내영업부 부장도 묵직한 음성으로 짤막하게 답했다.

"그대로 진행하겠습니다."

간부들의 호응을 이끌어낸 이도원은 다음으로 전략기획팀장에게 말했다.

"쉬는 동안 토크쇼 하나 잡아주십시오."

"토크쇼라고 하시면……?"

"많은 배우들이 루머를 해소하는 곳. 인간적인 단면을 보일 수 있는 곳으로요."

"〈힐링무비〉가 좋겠군요."

"그렇죠."

척하면 척이었다.

이도원은 말을 이었다.

"일단 차지은과 열애설에 관해 인정하는 쪽으로 소속사 입장을 정리해서 내보내 주세요. 그 뒤에 김홍수 기자와 인터뷰를 잡아 주십시오."

지능적인 플레이었다.

　'이도원, 차지은과 열애'라는 포석을 깔고 김홍수 기자에게 특종을 안겨준다. 그러면 원하는 방향으로 여론을 끌고 가기가 용이한 것이다.

　"김홍수 기자는 호의적인 기사를 내줄 겁니다. 앞으로 그쪽을 잘 활용해야 해요. 차지은 씨와 저, 우리가 공인인 이상 사적인 관계만 중요한 것이 아니죠. 대외적으로 비춰지기에도 아름다운 이미지를 만들어 가야 합니다."

　확실히 언론의 도움을 받으면 원하는 형태의 이미지를 심기가 유리하다.

　이도원은 공항에서 차지은의 손을 잡고 들어오는 순간부터 이미 이와 같은 치밀한 구도를 짜두었던 것이다.

　'능수능란하군.'

　전략기획팀장은 그를 훔쳐보며 인정할 수밖에 없었다.

　반면에 이도원은 내심 쓸쓸한 미소를 짓고 있었다. 비행기에서 초심을 잃었음을 반성한 지가 엊그제 같은데, 이번에도 자연스럽게 이미지를 지키기 위한 싸움에 휘말린다.

　'연기로만 말할 수 있다면 얼마나 좋을까.'

　절로 그런 생각이 들었다. 배우가 연기에만 집중하기에 연예계는, 관심이 과열된 사회였다.

        *   *   *

〈힐링무비〉녹화 당일.

이도원은 가족들을 모시고 살기 위해 이번에 구입한 성북동 저택으로 장소를 정했다. 편안한 이미지를 심어주기 위해, 방송국과 협의 하에 내린 선택이었다.

이도원이 〈힐링무비〉의 메인 MC인 경규민, 정소라와 인사를 나누는 동안 스태프들이 장비를 세팅했다.

경규민이 먼저 악수를 하며 말했다.

"영광입니다. 한 번 뵙고 싶었어요. 비단 저뿐만 아니라 한국 정상을 찍고 할리우드까지 진출한 배우에 대해 전 국민이 궁금할 겁니다."

정소라 역시 얼굴을 붉히며 동조했다.

"선배님, 뵙게 돼서 영광이에요."

그녀는 타고난 연기력과 매력적인 외모로 뜨거운 반응을 불러일으키고 있는 이십 대 초반의 신예 배우였다. 나름 수직 상승하는 인기를 맛보고 있는 처지였지만, 이도원 앞에선 한없이 조심스러워졌다.

"휴, 꿈인지 생시인지 믿기지가 않아요. 정말 팬이었거든요."

진심이 물씬 묻어났다.

홀딱 반한 모습의 정소라를 본 경규민이 투덜거렸다.

"나한테도 좀 그렇게 공손해 봐."

"오빤 친하잖아요."

정소라가 살짝 아양을 떨며 넘어갔다.

두 사람이 티격태격하는 모습을 즐겁게 지켜보던 이도원이 말했다.

"뵙게 돼서 영광입니다, 선배님."

그는 경규민의 손을 맞잡으며 답했다.

거 보라는 듯 경규민이 정소라에게 말했다.

"이도원 씨도 이렇게 한 수 접고 예의를 차리는 사람이야, 내가."

슬쩍 웃은 이도원이 정소라에게도 악수를 청했다.

"반가워요, 이도원입니다."

정소라는 손을 덜덜 떨었다.

목소리만 겨우 침착했다.

"이제부터 손 안 씻을 거예요."

세 사람이 화기애애한 분위기 속에서 대화를 나누는 가운데 촬영 장비 설치가 모두 끝났다.

〈힐링무비〉 PD가 다가와서 말했다.

"선배님, 소라 씨, 촬영 들어가시죠. 도원 씨도 준비해 주세요."

이도원은 MC 두 사람과 마주앉았다.

조명이 들어오고 카메라가 작동했다.

화면을 보던 PD가 모니터 너머로 외쳤다.

"슛 들어가겠습니다! 스탠바이."

정적이 흐르자 이내 짤막하게 사인이 떨어진다.

"큐!"

경규민이 이도원을 보며 호들갑스럽게 말했다.

"이야, 이렇게 실물을 직접 뵙게 되니까 무슨 스크린 속에 들어와 있는 것 같은데요? 앉아만 있어도 분위기가 영화네, 영화야."

정소라가 배시시 웃으며 동조했다.

"그러니까요. 저도 선배님은 처음 뵙는데, 프로그램 진행하면서 이렇게 떨렸던 적은 처음이에요. 고등학교 때부터 완전 팬이었거든요."

이도원이 두 사람에게 미소를 보였다.

"감사합니다."

이번에도 어김없이 대답이 짧아지고 말수가 줄어드는 습관이 나왔다. 그래서 예능은 출연을 자제했었는데, 또다시 MC들에게 민폐를 끼치게 되었다.

하지만 경규민은 노련한 MC답게 자연스러운 대처를 보여줬다.

"깜짝 놀랐어요. 워낙 예능을 멀리하기로 유명해서 상상도 못 했거든요. 그동안 예능 출연을 꺼려하신 이유가 뭔가요?"

"촬영 스케줄이 바쁘기도 했고, 대중들에게 배우로서 익숙해지기 전에 인간 이도원으로서 익숙해진다면 앞으로의 연기활동에 좋든 나쁘든 선입견이 될 수 있다고 생각했습니다."

"역시 배우야."

능청스럽게 감탄한 경규민이 말을 이었다.

"말씀을 이렇게 잘하시는데 말이죠. 사실 우리 〈힐링무비〉 팀도 당연히 섭외가 안 될 거라고 생각해서 그동안 시도조차 안했었거든요. 그런데 이렇게 직접 나오겠다고 연락을 주셨어요."

이도원은 살짝 웃으며 긍정했다.

"맞습니다."

"그래서 오늘은 거침없이 속 시원하게 진행을 해볼까 합니다. 얼마 전 핑크빛 기사 보셨어요?"

"핑크빛 기사요?"

이도원이 묻자 경규민이 고개를 끄덕였다.

"엄청났죠. 세계적인 대스타와 국민 여동생의 스캔들이라니."

정소라가 끼어들며 덧붙였다.

"축하할 일인데, 제가 다 마음이 아프더라고요. 기사를 보고 저와 같은 심정을 느낀 팬 분들도 상당히 많으셨을 거예요. 아마 남성 분들도 그분을 보며 같은 생각을 하셨을 테고요"

이제 이도원이 대답할 차례였다. 상호 합의 하에 어떤 질문이 이어질지, 토크쇼가 진행될 방향은 대략적으로 나와 있었기 때문에 그는 당황하지 않고 말했다.

"예, 차지은 씨와 열애설이 났죠."

3장

마티니(Martini : 마지막 샷)

MC 경규민은 궁금하다는 듯 헤실헤실 웃으며 물었다.

"두 분이 언제 처음 만나신 거예요?"

질문을 받은 이도원의 머릿속에 지난 기억이 파노라마처럼 펼쳐졌다. 타임 슬립 전 TV로만 보던 차지은을 처음 만났을 때 느꼈던 놀람과 〈우리의 심장〉을 촬영하며 있었던 소소한 에피소드.

"유태일 감독님의 〈우리의 심장〉 작품 들어가면서 처음 봤죠."

"아아, 그 영화!"

정소라가 추임새를 넣으며 덧붙였다.

"저 너무 재밌게 봤어요. 중학교 때 극장에서 봤는데, 마지막 장면에서 펑펑 울었던 기억이 나네요. 극장이 눈물바다가 됐어요."

경규민도 고개를 끄덕였다.

"정말 찐한 감동을 줬지. 그 영화로 아마 유태일 감독님이 일약 스타덤에 올랐죠? 도원 씨도 데뷔작인 걸로 알고 있는데, 차지은 씨랑 그때부터 막 썸 타고 그랬던 거예요?"

캐묻는 그의 흥미진진한 표정을 발견한 이도원이 피식 웃으며 답했다.

"아뇨, 그때 지은 씨는 중학생이었어요. 귀여웠죠."

이번에는 정소라가 물었다.

"아아. 두 분 나이차이가…?"

"네 살이요. 지은 씨가 빠른 생일이에요."

"궁합도 안 본다는 네 살이네요."

그녀는 빙그레 웃으며 덧붙였다.

"그럼 〈우리의 심장〉 때 몇 살이셨던 거예요?"

"전 고등학교 1학년이었죠."

"와, 전혀 몰랐어요. 성인이 아역 연기를 하는 경우는 종종 있어도, 아역 배우가 성인 연기를 소화하긴 진짜 힘들거든요. 목소리나 어감 자체가 다르니까. 그럼 그때 특수 분장을 하고 나오신 거죠?"

"예, 그랬죠."

이도원의 대답을 신호로 경규민이 끼어들었다.

"그 당시 엄청난 화제였어요. 몇몇 뛰어난 아역 배우들은 있었지만 그 정도 연기력을 가진 아역은 또 없었거든. 저희가 사전 조사를 좀 해보니까, 요즘 대세로 떠오른 오준식 씨와도 그때 인연이 있었다고요?"

그 질문에 이도원이 빙그레 웃었다.

"예, 준식 씨는 당시 단역이었죠. 정작 영화에는 대부분 편집되고 안 나와서 잘 모르셨을 거예요."

"두 분이 매니저랑 배우 관계였던 것도 사실입니까?

"네, 준식 씨가 제 매니저였어요. 소속사 사무실에 갔는데 떡하니 있더라고요."

"정말 기막힌 인연이네요!"

경규민은 감탄하며 덧붙였다.

"원래는 우리 MC들이 조미료도 첨가하고 뭘 만들어내야 하는데, 도원 씨는 그냥 말하면 인생극장이에요. 누가 대한민국 최고의 배우 아니랄까 봐."

그 말을 들은 이도원이 머쓱하게 웃으며 답했다.

"칭찬은 언제 들어도 적응이 잘 안 돼요. 배우들마다 스타일이 다 다르고, 진짜 톱스타 같은 배우들도 있겠지만… 전 사실 막 화려한 느낌은 불편하거든요."

"에이, 화보 보면 아니던데 뭘."

경규민이 태클을 걸자 정소라가 고개를 끄덕였다.

"엄청 화려하고 도도하시던데요?"

"못 믿으셔도 사실이에요."

이도원은 난처한 표정으로 말을 이었다.

"연기할 때도 속으로 엄청 떨거든요. 화보 촬영 때도 그랬어요. 그런데 그 떨림이 좋아요. 그래서 집중이나 몰입도 되는 거고. 하지만 평소에는 유명세와 떨어져서 생활하려 하는 편이에요. 몸에 맞지 않는 옷 같기도 하고."

정소라가 물었다.

"그럼 인터넷도 잘 안 보시는 편이세요?"

"네, 굳이 찾아보는 편은 아니에요. 매니저가 얘기하면 보긴 하죠."

경규민이 고개를 갸웃하며 질문을 던졌다.

"혹시 궁금하진 않나요? 내가 여기서 연기를 잘했는지 못했는지, 대중의 반응은 어떨지 궁금하실 텐데."

"아, 촬영이 끝나면 리뷰는 보는 편이에요."

이도원은 곰곰이 생각하다 덧붙였다.

"드라마는 최종회까지 촬영을 마쳐야 보고요."

"중간에 반응을 확인하고 연기 톤을 수정할 수도 있는 것 아닙니까?"

경규민이 자세히 캐묻고 이도원은 거침없이 답했다.

"그럴 수도 있겠지만 촬영 도중 주변의 평가를 받게 되면 연기 자체가 흔들릴 수 있어요. 준비가 잘 됐든 안 됐든 숏 들어가면 최선을 다할 뿐인 거죠. 연기를 한 번 시작하면 컷 사인이 떨어질 때까지 멈추지 말아야 하는 것처럼, 일단 시작하면 끝까지 밀고 나가는 편이에요. 평가는 그다음이고."

"독특하네요. 저 같은 경우, 사실 궁금해서라도 인터넷을 보게 되거든요."

그의 말에 정소라 역시 동감했다.

"저도요. 전 악플까지 다 찾아봐요."

이도원이 어깨를 으쓱이며 말했다.

"저마다 맞는 스타일이 있는 것 같아요. 이게 옳다, 저게 틀렸다 할 수는 없죠."

"맞습니다. 하… 이거, 자꾸 민감한 질문을 하게 되는 것 같은데."

"얼마든지요."

"김진우 씨와의 관계에 대해 말들이 많습니다. 김진우 씨의 소속사였던 레드 엔터테인먼트와도 몇 번 일이 있었죠? 이것 참, 우리 프로그램이 취조하는 방송도 아닌데."

경규민은 그렇게 말하며 손으로 목을 긋는 시늉을 했다.

"컷!"

크게 외친 프로듀서가 촬영을 중단시키며 경규민에게 다가왔다. 매니저가 건네는 음료수를 받은 경규민은 프로듀서에게 말했다.

"너무 노골적으로 가는 것 아닌가 해서 말이야."

프로듀서가 난처한 표정으로 대답했다.

"작가님 뜻이니 어쩔 수 없습니다, 선배님. 백 엔터테인먼트에 대본을 미리 보내서 합의도 봤고요."

경규민은 눈살을 찌푸렸다.

"그렇잖아도 짜고 치는 고스톱이라느니, 연예인 해명 프로그램이라느니 말이 많은데. 프로그램 이미지 떨어지지 않겠어?"

그는 목소리를 낮춘다고 낮췄지만 다른 이들의 청각에 걸리는 볼륨이었다. 하지만 방송 경력이 일천한 정소라는 들어도 못 들은 척 대본에 눈길을 주고 있었다. 군기가 바짝 든 모습에 상황을 지켜보던 이도원이 납득했다.

'하긴, 업계 대선배랑 더블MC를 맡았으니 긴장할 만도 하지.'

이대로 경규민이 계속 우긴다면 대본이 수정될 우려가 있었다. 그럼 애초에 〈힐링무비〉에 출연한 목적을 이탈하게 된다.

이도원은 마지못해 끼어들었다.

"잠시, 제 의견을 말해도 될까요?"

열띤 논의를 벌이던 경규민과 프로듀서의 고개가 돌아갔다. 두 사람은 창과 방패가 되어 치열한 대화를 나누던 참이었다. 잠시 침묵한 두 사람이 열기가 식지 않은 표정으로 대답했다.

"물론이죠. 우린 게스트의 의견을 존중합니다."

"제 생각도 선배님과 같습니다."

그에 살짝 웃은 이도원이 입을 열었다.

"복잡하게 생각할 게 있나 싶어서요. 실제로 많은 분들이 지은이와 제 관계, 또 김진우와의 관계에 대해 궁금해하셨기 때문에 그 대답을 하러 출연한 겁니다. 여기서 거짓을 말하지 않는다면 문제될 건 없을 것 같은데요? 어차피 대본 없는 방송이 없다는 것쯤은 시청자들도 대부분 알고 있을 거고요."

프로듀서도 그 말에 동의했다.

"맞습니다, 선배님. 시청률 면에서도 그편이 좋아요. 토크쇼답게 웃고 떠드는 모습을 통해 인간적인 면모를 보고자 하는 시청자들이 대부분이지만 그것만으로는 부족해요. 사생활이라든지 루머에 대한 해답을 줘야만 이슈가 됩니다. 이슈가 돼야 재방 시청률도 오르고요."

"내가 그걸 몰라?"

버럭 신경질을 낸 경규민은 입을 달싹거리다 이도원에게 물었다.

"차지은 씨와 관계를 깔끔하게 다듬으려는 건 알겠습니다. 하지만 왜 굳이 김진우 씨랑 있었던 일을 다시 들추려는 거죠? 좋은 일도 아니었을 뿐더러, 이미 관심이 수그러든 일에 대한 재조명은 그야말로 '연예인 해명 프로그램'이란 이미지를 심어주기 쉽습니다."

"대본에 안 적혀 있나요?"

물은 이도원이 대답을 기다리지 않고 설명했다.

"곧 김진우 씨는 저희 회사에 소속됩니다. 원래부터 잡음이 많았던 관계이기 때문에 녹화방송이 나갈 때쯤이면 분명 이슈가 될 테죠. 만약 기회를 놓쳐서 루머가 터지고 밝혀지게 되면 저는 신뢰를 잃고 〈힐링무비〉는 시청률을 포기하는 결과가 될 겁니다. 어차피 이렇게 된 바에는, 방송을 통해 저는 적절한 대응을 하고, 〈매년힐링무비〉 측은 시청률을 얻는 편이 좋지 않을까요?"

논리정연한 설명을 들은 경규민과 프로듀서 모두 고개를 끄덕였다.

"그렇게 생각하면 또 할 말이 없군요."

짐짓 엄살을 떤 경규민이 친근하게 화제를 돌렸다.

"낚시 좋아하신다면서요? 언제 한번 낚시 같이 갑시다."

"좋습니다."

대답한 이도원은 빙그레 웃었다.

＊　　　＊　　　＊

〈힐링무비〉 촬영이 재개됐다.

"스탠바이."

스태프 준비가 끝나자 프로듀서가 외쳤다.

"큐!"

경규민은 아까 했던 질문을 던졌다.

"김진우 씨와의 관계에 대해 말들이 많습니다. 김진우 씨의 소속사였던 레드 엔터테인먼트와도 몇 번 일이 있었죠?"

이도원은 순순히 수긍했다.

"그랬죠. 여전히 조심스러운 부분이고요."

고개를 주억거린 경규민이 표정을 굳히며 물었다.

"어차피 다 지난 일이니까, 속사정을 알 수 있을까요?"

잠시 생각을 정리한 이도원이 천천히 입을 열었다.

"레드… 그쪽 분들 일은 다들 알고 계실 거고요. 사실 김진우 씨와 직접적인 문제를 겪은 건 아닙니다. 사이가 좋았던 건 아니지만요."

그는 사실 그대로 말을 이었다.

"정확히 말하면 경쟁 심리가 반영된 배우 간의 기 싸움 같은 거죠. 어딜 가나 그런 게 있으니까요."

배우이자 MC인 정소라 역시 고개를 끄덕이며 동조했다.

"맞아요. 여배우들 사이에도 그런 게 있어요."

"어쩌면 더 심하겠죠. 그나마 남자 배우들은 덜해요."

이도원은 살짝 웃으며 말했다.

"대부분 술 한잔하면 풀리거든요. 근데 전 술을 잘 안 마셔서 여러모로 풀기가 힘들었죠."

경규민이 웃음을 터뜨렸다.

"결국 술 때문이군요."

"그게 그렇게 되나요?"

이도원이 진하게 미소 지었다.

"이제 김진우 씨와는 한 가족이 됐습니다. 얼마 전 불미스러운 사건을 겪었기 때문에, 이번 유태일 감독님 영화를 마지막으로 미국행 비행기를 탈 예정입니다. 비록 벌은 다 받았지만 공인으로서 당분간 자숙하며 미국에서 활동한 후 향후 계획을 정할 거고요."

경규민이 눈을 빛내며 말을 받았다.

"그럼 또 유태일 감독님의 이번 영화에 대해 말하지 않을 수 없죠."

"곤란한데요. 제가 게스트인데 왜……."

"유태일 감독님과 작업 많이 하셨잖아요?"

"이번 영화의 주연은 김진우 씨인데요."

물론 이도원도 촬영 막바지 참여할 예정이었지만, 그는 구태여 말하지 않았다. 깜짝 출연할 계획을 하고 있기 때문이다.

눈을 가늘게 뜬 경규민이 꼬치꼬치 캐물었다.

"카메오 출연이라도 하는 것 아닙니까? 지금까지 유태일 감독님 영화의 주연을 두 편 빼고 모두 도맡아왔는데 충분히 그럴 수도 있잖아요?"

정소라 역시 고개를 끄덕이며 동의했다.

"보통 여러 번 함께 작업한 감독님이 신작 들어가면 연락이 오긴 해요."

추진력을 얻은 경규민이 집요하게 묻는다.

"이번 영화도 제의를 받으신 적 있나요?"

이도원은 한숨을 내쉬며 빙그레 웃었다.

"이번 영화는 제가 낄 자리가 없었습니다."

잠시 침묵하던 그가 충격적인 발언을 했다.

"이번 영화는 실화를 근거로 합니다. 유태일 감독님, 그리고 김진우 씨의 삶과도 관련 있는 이야기죠. 또한 김진우 씨는 물의를 일으킨 데 대한 반성 차원에서 이번 영화의 수익금 전액을 사회에 기부할 예정입니다."

자숙의 의미로 미국에 나가는 것만으로 이미지를 쇄신하기는 부족했다. 따라서 이도원은 김진우의 허락도 없이 '수익금 전액 기부'를 공표했다. 이렇게 되면 김진우 입장에선 수익금을 기부하지 않을 수 없게 된다. 더구나 그를 받아줄 소속사도 없는 마당에, 이도원의 말에 따를 수밖에 없는 입장인 것이다.

경규민은 놀라운 소식에 숨이 막힌 듯 카메라 방향으로 손을 내저었다.

"후아, 잠시 컷하죠."

프로듀서가 스태프들에게 지시했다.

"컷!"

그들이 보기에 미국에서 큰 인기를 얻은 이도원의 행보는 거침없고 흥미로웠다. 귀국하자마자 차지은과 핵폭탄급 스캔들을 터뜨리며 한국 전역을 강타했던 것이다.

그런데 이번에는 토크쇼를 통해 열애설을 인정했고, 김진우와 한솥밥 먹게 된 사실을 공표했으며, 유태일 감독 영화의 숨겨진 비밀을 밝히고, 김진우의 수익금 전액 기부를 말한다.

'방송 나가는 날이면 실검 1위 먹겠네.'

프로듀서는 고개를 저으며 〈힐링무비〉 이번 회차의 성공을 확신했다. 실시간 검색어를 독차지할 건 불 보듯 뻔한 일이었다.

또 부가적인 효과로 유태일 감독의 이번 영화 홍보도 끝난 것이나 다름없었다.

알고 보면 모든 건 이도원이 노린 부분이었지만.

'드디어 끝났군.'

목적한 바를 모두 이룬 그는 피로감이 몰려들었다.

새로운 소식을 들은 모두가 흥분하게 됐지만, 표정이 유독 좋지 않은 한 사람이 있었다.

'하… 큰일 났네.'

정소라는 좌절했다. 유태일 감독의 작품과 같은 시기에 개봉할 경쟁작의 주연이 그녀였던 것이다. 얼마 전 마약 사건으로 물의를 일으킨 김진우가 주연이라기에 다행이다 싶었는데, 이도원은 단 몇 마디로 모든 불리한 점을 덮고 영화 홍보까지 종결시켜 버렸다.

"망했어."

정소라는 조용히 중얼거리며 눈을 질끈 감았다. 상대는 대한민국 최고를 넘어서 할리우드마저 집어삼키려 하고 있는 세기의 대스타다. 만일 그가 유태일 감독의 제의를 받고 영화에 깜짝 출연이라도 해준다면?

결과는 안 봐도 뻔했던 것이다.

〈힐링무비〉 녹화를 끝낸 이도원은 휴가 전 남은 일을 처리하기 위해 어딘가로 향했다. 그는 근래 마음을 빼앗긴 재즈곡을 틀고 서울 도심을 가로질렀다.

'어떤 반응을 보일지.'

잠깐, 차지은 집 앞에서 김진우와 만났던 일이 떠올랐다.

아마 김진우도 열애설을 보았을 것이다. 그가 차지은을 어떻게 생각하는지 몰랐었기에, 혹시나 미성숙한 태도를 보진 않을까 걱정부터 앞섰다.

'아무리 이유가 있었더라도 배역 때문에 사람도 죽인 놈인데 뭔들 못 하겠어?'

물론 타임 슬립 전 이야기다. 하지만 같은 인물이라는 것은 부정할 수 없었기에, 경계심이 늦춰지지 않았다. 이도원은 사람이 환경에 의해 달라질 수 있지만 본성은 바뀌지 않는다는 주의였기 때문이다. 그는 이런저런 생각을 하며 촬영 현장에 도착했다.

한편 현장에서 작업을 하고 있던 스태프는 이도원의 차량을 발견하고 유태일 감독에게 조용히 보고했다.

"이도원 씨 도착했습니다."

유태일 감독은 카메라 너머를 잠깐 바라보다 크게 외쳤다.

"컷!"

프레임 안에 있던 김진우가 현장에서 나와 물었다.

"감독님?"

"도원이 도착했다."

유태일 감독은 주차장을 보며 눈짓했다.

자가용에서 내린 이도원이 재킷을 걸치고 있었다.

촬영이 중단되자 스태프들이 이도원을 보며 웅성거렸다.

"우와, 진짜 이도원이 우리 현장에 온 거예요?"

"그러게? 살면서 이도원을 보게 될 줄은 몰랐는데."

"자체발광! 진짜 포스 쩌네요."

"그러니 미국에서도 통했지."

모두 이도원을 처음 보는 스태프들이었다.

애초부터 유태일 감독과 작업해 왔던 기존 스태프들은 반가운 얼굴로 그쪽을 바라볼 뿐 호들갑을 떨지 않았다.

"아주 난리도 아니네요. 여기 배우가 이도원 한 명도 아닌데."

김진우가 나직이 투덜거렸다.

피식 웃은 유태일 감독이 고개를 저었다.

"이 정도면 약과지. 다른 현장 가면 더할 거야. 내 주위 배우들만 봐도 도원이 소개시켜 달라는 애들이 한가득이다. 연예인들의 연예인이라고 해도 과언이 아니지."

무표정한 얼굴로 이도원을 바라보던 김진우가 툭 뱉었다.

"어느새 훌쩍 앞서갔어요. 따라잡을 수 없을 만큼."

유태일 감독은 눈을 지그시 감았다. 그가 보기에 김진우는 안타까운 배우였다. 이도원이란 경쟁자만 없었어도 충분히 한 시대를 풍미할 재능을 가진 배우인데, 뱁새가 황새를 따라가

려다 가랑이가 찢어진 꼴이었다.

유태일 감독이 무어라 대답할 말을 잃은 그때, 화제의 주인 공인 이도원이 선글라스를 쓰고 언덕을 올라왔다.

"감독님!"

그는 두 팔을 활짝 벌리며 다가왔다.

유태일 감독이 몸을 뒤로 빼는 대신 손을 내밀었다.

"악수하자, 악수. 남자는 사양이야."

이도원이 민망하게 웃으며 내리고 손을 맞잡았다.

"원래 악수하려고 했습니다."

그에 유태일 감독이 한쪽 입꼬리를 올렸다.

"그래, 약속 지키러 왔나?"

"예. 대본은 오는 길에 읽었습니다."

이도원의 대답을 훔쳐들은 김진우는 미간을 찌푸렸다.

'감정 씬이 크게 들어가는데 잠깐 본 것만으로 연기한다고? 할리우드 물 좀 먹었다고, 어처구니가 없군.'

구치소 면회실에서 봤을 땐 과거사를 털어놓으며 눈물까지 보이더니, 그는 여전히 삐딱한 시각으로 이도원을 바라보고 있었다.

이번에는 유태일 감독도 짐짓 걱정스러운 양 물었다.

"연습 더 필요 없겠나? 나름대로 연기하기 어렵게 쓴 대사 인데… 필요하다면 연습할 시간을 좀 더 주지."

"해보고 안 되면 부탁드리겠습니다."

이도원이 김진우에게 고개를 돌렸다.

"오랜만이야."

김진우는 고개를 까딱이며 대답했다.

"차지은과 열애설 기사는 잘 읽었다."

"그것 참… 유감이네."

이도원이 머쓱하게 말했고, 김진우가 발끈했다.

"뭐가? 생각하는 그런 관계가 아니다."

"내가 뭘 상상했는데?"

그렇게 물은 이도원이 내심 고개를 저었다.

'자꾸 치졸해지네.'

김진우는 이를 갈며 대답했다.

"이렇게 까부는 성격은 아니었던 것 같은데, 많이 변했군."

"소속사 대표에게 할 말은 아닌 것 같고."

짤막하게 받아친 이도원이 나직이 읊조렸다.

"모든 건 변하게 마련이지. 성격도, 관계도."

때로는 원수를 용서하게 되기도 한다.

그는 알쏭달쏭한 말을 남긴 채로 현장으로 나갔다. 머릿속으로 동선을 짜기 위해 주변을 살피는 것이다.

'김진우는 유태일 감독의 아버지 역할로 나온다.'

뜻밖인 건 카메오인 이도원의 역할이었다. 그가 연기할 인물은 바로 김봉민 의원을 모티프로 한 악역이었다.

연기할 씬은 '장애인 고아원 성추문 사건'의 발단이 되는 성폭행 장면이다. 즉, 김봉민 의원의 변호사 시절 저질렀던 죄를 재현해야 하는 것이다. 〈악마의 재능〉 당시 사이코패스 역할과는 또 다른 불편한 연기였다.

'왜 항상 어려운 과제만 내주시는지.'

한순간 그런 생각이 들었지만 이미 상황을 머릿속에 그리고 있었다. 멍한 눈빛 속 이면에는 섬세한 감정 선들이 실타래처럼 뒤엉켰고, 점차 배역이 만들어졌다.

그때 콘티를 들고 다가온 유태일 감독이 말을 걸었다.

"좀 무리한 요구를 해야겠는데."

"하루 이틀도 아닌데요, 뭘."

이도원이 씨익 웃자, 유태일 감독은 고개를 끄덕이며 말했다.

"카메오 출연으로 내용상 가장 중요한 인물을 연기하게 된 사정이 있다. 대본을 받았을 때 놀랐을 거야. 이유인즉, 영화협회에서 김봉민 의원을 연상케 하는 인물의 분량을 제한했더라고. 엎친 데 덮친 격으로 영상물등급위원회에서는 노골적인 성폭행 장면은 허락할 수 없다더군. 양쪽 모두 김봉민 의원 눈치를 보고 있는 모양이야."

"설마……."

불쑥 불길한 생각이 들었다.

"표정과 눈빛만으로, 관객에게 직접적인 성폭행 장면 이상의 충격을 줘라. 뭐 그런 건 아니겠죠?"

"물론 그 이상을 원한다. 그렇잖았으면 굳이 이도원을 불러서 쓸 이유가 없지. 영화 전체에 걸쳐 딱 한 장면 등장하는데, 영화의 키맨(Key-man : 열쇠가 되는 사람)이 되어야 해."

"미치겠네요."

이도원은 고개를 절레절레 저었다.

"단 한 씬 만에 영화를 통째로 먹어치우라고요?"

유태일 감독이 뻔뻔하게 고개를 끄덕였다.

"관객을 공포로 몰아넣어."

어찌 보면 가장 중요한 장면을 이도원에게 맡긴 것이다. 이 영화는 실화를 바탕으로 김봉민 의원을 고발하는 데 목적을 두고 있었다.

나직이 한숨을 내쉰 이도원이 머쓱하게 웃었다.

"영혼을 담아보겠습니다."

*　　　　*　　　　*

유태일 감독은 모니터로 돌아가 앉았다.

김진우가 곁에 앉아서 물었다.

"할 수 있다고 합니까?"

그를 빤히 본 유태일 감독이 대답했다.

"이도원은 안 된다고 하지 않아. 여러 편 작업하는 동안 그런 부정적인 대답은 한 번도 들어본 적 없다."

이내 짤막하게 덧붙인다.

"그리고 늘 해내지."

무한한 신뢰가 느껴지는 목소리를 듣고 있노라니 김진우는 질투심이 들었다. 하지만 그로서도 이도원의 연기력만큼은 인정했다. 지금도 무척 아니꼽지만, 동시에 연기가 시작됐으면 하는 바람이 든다.

'마치 관객이 된 것 같군.'

배우의 본능이 두근두근, 심장을 간질였다.

그를 보며 유태일 감독은 피식 웃었다.

'배우는 배우야.'

이내 현장으로 여배우가 나타났다. 트레일러에서 나온 그녀는 도도한 눈으로 현장을 쓸어보더니, 유태일 감독을 향해 손을 흔들었다.

"감독님! 이번 씬, 살살 가주세요."

엄살을 부리며 고개를 돌린 그녀가 이도원을 발견하더니, 발을 헛딛고 발목을 삐끗했다.

"어맛!"

그녀는 겨우 자세를 바로잡고 입을 손으로 막으며 중얼거렸다.

"꿈인가? 이도원이 왜 여기… 정말 이도원 맞으세요?"

마치 얼굴을 만지려는 듯 손을 내밀며 다가왔다.

이도원은 황당해졌다.

'뭐야?'

움찔 떨며 멈춘 그녀가 나직이 한숨을 쉬었다.

"가까이서 보니 알겠어요. 정말 이도원 씨가 맞네요."

이도원이 고개를 끄덕였다.

"예, 제가 이도원입니다."

그는 그녀를 알고 있었다. 청순함과 털털한 이미지를 오가는 배우로, 대중들에게 좋은 이미지를 가진 톱스타였다. 아시아에서는 CF, 방송, 영화할 것 없이 최고 주가를 올리고 있는 여배우다.

이름은 서지우.

"서지우 씨죠?"

그녀, 서지우가 배시시 웃었다.

"전 서지우 맞고요. 이번 영화 여주인공이고요."

독특하게 밝은 여자였다.

그 순간, 유태일 감독이 멀리서 말했다.

"배우들, 준비해 주세요! 촬영 들어가겠습니다."

드디어 올 것이 왔다.

이도원은 화면 밖에서 서지우와 나란히 섰다.

"잘 부탁합니다."

그는 진지하게 말했다. 비록 직접적인 성폭행 장면이 없다 한들, 그녀를 거칠게 잡아끌어야 하기 때문이다. 양해를 구하자 서지우가 빙그레 웃으며 답했다.

"우리, 괜히 질질 끌지 말고 쉽고 빨리 끝내요."

"그러죠."

두 사람이 합의를 본 시점에 유태일 감독이 신호를 보냈다.

"카메라 롤, 레디."

스태프들이 바짝 긴장한 표정으로 두 배우를 화면에 담았다. 카메라가 돌자 현장에는 침묵이 내려앉았다.

모든 준비가 끝났을 때, 유태일 감독이 외쳤다.

"액션!"

이도원은 서지우의 손목을 잡고 화면 안으로 들어섰다. 표정과 발걸음이 난폭했다. 그녀를 집어 던지듯 벤치에 앉힌 그가 숨을 거칠게 몰아쉬며 두리번거리며 주변을 훑었다.

"후… 그러니까 왜 좋은 말로 할 때 안 들어?"

이도원이 천천히 서지우 맞은편에 앉았다.

두 사람의 옆모습을 담고 있던 화면이 서지우를 클로즈업했다. 오들오들 떨며 숨죽이는 그녀의 연기력은 아까 이도원과 대화하던 사람이 맞나 싶을 정도였다. 그녀는 촬영이 시작되자 전혀 다른 사람이 된 것처럼 몰입했다.

'최고라는 타이틀이 거저 붙는 건 아니지.'

유태일 감독은 씨익 웃었다. 그녀가 이도원이 온전히 역량을 발휘할 수 있도록 이끌어 줄 것이다. 그리고 마찬가지로, 이도원은 서지우의 역량을 폭발시켜 줄 수 있다. 살 떨리는 목소리와 광기로 번들거리는 눈빛만 봐도 절로 확신이 들지 않는가.

"날 빠져나갈 수 있을 것 같나?"

서지우는 확 소름이 끼쳤다. 이도원이 그녀의 의식을 송두리째 빨아들이고 있는 것이다.

'뭐야? 이건······.'

마치 진득한 늪 속에 발을 담근 것처럼, 소용돌이치는 수면 아래 가라앉은 것처럼 헤어 나오기 힘들었다.

서지우는 허우적거리지 않고 이도원이 내뿜는 카리스마에 순응했다.

'편하다.'

저절로 몰입이 된다.

그녀는 오직 두려운 표정과 몸짓으로 연기를 했지만, 보는 사람들은 마치 비명소리가 귀에 들리는 듯했다. 그녀의 숨 막히는 호흡에 이끌려 보는 이들이 공포에 빠지고 패닉 상태가 될 것이다.

그리고 저절로 이도원에게 눈이 돌아간다.

"좋아. 난 지금부터 널 잘근잘근 밟아서 차지할 생각이다. 영원히 내게서 벗어날 수 없을 거야. 내가 변호사가 된 이유를 알려주지. 겁도, 욕심도 많아서 그래. 갖고 싶은 건 가져야 직성이 풀리는데, 때로는 방법이 그릇될 수도 있거든. 그래서 면죄부가 필요했던 거야."

음흉하고 진득한 어조에서 단단히 뒤틀린 심리가 드러났다. 반면 이도원의 눈빛은 먹이를 바라보는 뱀처럼 싸늘했다. 상반된 표정과 말투가 소름 끼치는 불협화음을 만들었고, 서지은의 깊은 내면까지 건드렸다. 의도하지 않았는데도 그녀의 어깨가 바람 빠진 풍선처럼 위축되었다.

클로즈업으로 이도원의 어깨 위를 잡던 화면이 점차 줌 인 되며 익스트림 클로즈업으로 두 눈만 보여줬다.

그때 이도원이 텐션 투 카메라(Tension to camara : 카메라를 직시해 관객의 관심을 끌어들인다)를 노렸다. 의도적으로 관객들을 직접 응시해 불편하게 만드는 것이다. 이처럼 감독의 지시 없이 배우가 알아서 포지션을 잡는 건 이미 머릿속에서 화면에 자신이 어떻게 나올지 훤히 알고 있지 않다면 발휘할 수 없는, 완성된 연기라고 할 수 있었다.

지켜보고 있던 유태일 감독은 섬짓한 느낌에 몸을 떨었다.

연기나 연출에 완벽이란 존재하지 않는다. 하지만 지금 이 순간만큼은 이도원의 연기가 완벽했다. 그가 존재하는 장면에 다른 어떤 배우도 대입할 수 없었다.

'최고다.'

이윽고, 이도원이 입을 열었다.

"…날 평생 잊지 못하게 해주지."

유태일 감독이 스타카토 식으로 외쳤다.

"컷!"

순간 스태프들이 저마다 참고 있던 숨을 뱉었다.

"휴우!"

"하아……."

정신이 배우에게 집중돼 있기 때문에 당연했다.

하지만 이도원의 폭풍 같은 연기를 가장 가까이서 접한 건 서지우였다. 그녀는 벤치에서 일어나며 혼이 빠진 사람처럼 중얼거렸다.

"진짜 간담이 서늘했어요."

쌀쌀한 날씨였지만 햇볕이 내려쬐는 한낮이었다. 그럼에도 몸이 으슬으슬할 정도로 섬뜩한 연기를 접한 것이다.

'독사 앞에 엎드린 개구리가 된 기분이었어.'

서지우는 방금 전 상황을 돌이켜 보았다. 배우는 몰입하는 데까지 걸리는 시간이 저마다 다르다. 순간적인 몰입도가 높고, 인물에 얼마나 깊게 들어갔는지에 따라 연기력이 갈리게 된다. 그런 의미에서 이도원의 연기력은 납득하기 힘든 면이 있었다.

"어떻게 그럴 수 있죠?"

많은 의미가 함축된 질문이었다.

그녀를 궁지에 몰아넣고 서늘한 눈을 빛내던 인물은 온 데 간 데 사라지고, 본연의 모습으로 돌아온 이도원이 부드럽게 대답했다.

"캐릭터의 열망을 일치시키고, 씬이 말하고자 하는 바를 정확하게 전달하는 것뿐입니다."

서지우는 피식 웃었다.

'말이 쉽지.'

그녀는 고개를 절레절레 저으며 물었다.

"도원 씨가 하는 말은 빤해요. 모르는 배우들이 없죠. 그런데 왜 나는 당신의 말이 전혀 이해가 안 되죠?"

그때 유태일 감독의 음성이 끼어들었다.

"두 사람만 수다 떨지 말고, 이리 와서 같이 얘기합시다."

이도원과 서지우는 순순히 현장 밖으로 나갔다.

유태일 감독은 모니터를 가리키며 말했다.

"우린 봤으니까, 두 사람만 확인하면 되겠네."

한편 김진우는 조용했다. 충격을 받은 얼굴이었다.

'감정 전환이 신속하고, 깔끔하고, 완전하다.'

소름이 돋았다. 같은 배우로서 존경심이 들었다. 이도원은 단 한 씬만으로 캐릭터에 담긴 모든 이야기를 끝내버렸다. 서늘한 눈빛으로 관객의 심장을 움켜쥐었다. 마지막 한마디는 귓가를 떠나지 않는다. 직접적인 묘사가 없음에도 다음 상황이 그려진다. 이도원의 연기는 어떤 장면보다 폭력적이다. 다시 한 번 충격을 되새긴 김진우는 눈을 질끈 감았다.

그 속도 모른 채 서지우가 감탄했다.

"와, 대박."

반면 유태일 감독은 이도원을 빤히 바라보며 물었다.

"어때? 오케이, 아니면 킵하고 다시?"

이도원이 난감한 얼굴로 대답했다.

"그건 항상 감독님이 정하시잖아요."

"지금까진 그랬는데… 누가 그러더라. 배우의 능력이 백 퍼센트 발휘되지 않은 상태에서 오케이를 내는 것만큼 감독에게 큰 잘못은 없다고."

유태일 감독이 빙그레 웃으며 되물었다.

"그래서, 오케이해도 괜찮겠어?"

이도원은 잠시 고민하다 고개를 끄덕였다.

"만족까진 아니지만… 그렇다고 오늘 안에 더 좋은 장면이 나올 것 같지도 않습니다."

곁에 있던 서지우가 투덜댔다.

"이게 만족스럽지 않으면 뭐가 만족스러운 연기예요? 정말 드물게 볼 수 있는 명장면이 탄생한 순간인데."

김진우 역시 고개를 끄덕였다.

"이 장면 하나로 영화가 관객에게 폭로하고자 한다는 느낌이 듭니다. 그냥 알려주는 게 아니고, 강렬하게 말이죠. 잠깐 본 것만으로 두렵고 악하게 느껴집니다."

두 배우의 의견을 경청한 유태일 감독이 고개를 돌려 이도원을 응시했다.

"그렇다는데?"

"만족이란 개인차가 있으니까요. 이렇게 표현할 수도, 저렇게 표현할 수도 있는 거잖아요."

"그렇지. 하지만 그렇게 생각하면 그 누구도 만족할 수 없다."

"그러게요."

이도원은 씁쓸하게 웃었다. 지금까지 계속 성숙해져 왔고 미국에서도 연기력이 크게 성장했지만, 그 뒤로는 정체기에 빠진 느낌이었다. 어느새 달리던 속도에 익숙해져서 조금만 늦춰져도 답답한 기분이 드는 것이다.

'일 중독인가.'

이도원 자신을 제외하면 모두가 알고 있는 사실을 새삼스럽게 떠올리는 그였다.

*   *   *

비슷한 시기, 미국에선 제임스 윌리스 감독의 신작이 개봉했다. 그에 따라 지금껏 꽁꽁 숨겨왔던 제목이 공개됐다. 영화의 제목은 〈이분법(Binary fission)〉. 배우들이 영화 제목을 보고도, 자신이 출연한 영화인지 모르는 해프닝이 발생하기도 했다.

카메오 겸 주연 배우라는 특이한 포지션으로 유태일 감독의 작품의 촬영을 마친 이도원은 집에서 한가로운 오후를 보내다가 이진빈의 전화를 받았다.

―기쁜 소식입니다!

"전화 안 받으려다 받았어. 용건만 간단히."

이도원은 소파에 누워 일광욕을 하며 대답했다. 그는 연기만큼이나 휴식도 제대로 즐기는 중이었다.

이진빈은 이런 사정을 아랑곳 않고 말했다.

―역시 제 예상대로 인터넷 안 보셨네요. 지금쯤 한국도 마찬가지일 텐데… 아직 본 사람들은 적지만, 평론가들부터 관객들까지 호평이 지배적입니다. 한국을 포함해 아시아랑 유럽에서도요. 무서운 속도로 입소문이 나고 있습니다.

제임스 윌리스 감독의 〈이분법〉에 대한 정보는 극비로 관리됐다. 따라서 시사회 한 번 하지 않고 소리 소문 없이 상영관에 걸리게 됐고, 사람들은 감독 이름과 출연진만 보고 관람을 했다. 그리고 그 파장은 엄청났다!

이진빈이 덧붙였다.

─입소문이라니. 제임스 윌리스 감독의 시대를 역행하는 아날로그 방식이 제대로 먹혔어요. 제임스 윌리스 감독 영화 중 최고라는 평입니다. 영화 출연 계약서에 수익분기점 이상부터 인센티브를 받는단 조건이 깔려 있잖아요? 이대로라면 우리 회사 십 년 치 운영비는 확보됐다고 보셔도 무방할 것 같습니다.

"좋은 일이네."

이도원은 심드렁하게 반응했다. 그는 가족 계획서를 짜는 중이었다. 따라서 지금 이 순간만큼은 세상이 무너져도 눈앞의 계획서가 가장 중요했다. 그는 이어 말했다.

"회사에도 휴가 기간 끝날 때까지 전화하지 말라고 얘기해 놨다. 너도 마찬가지야."

─아니, 형……!

이도원이 전화를 뚝 끊고 고개를 돌렸다.

거실 소파에 노트북을 켜고 앉아 있던 이다원이 나무랐다.

"뭘 또 그렇게 매정하게 대해? 주말에 일 시키려고 하는 상사 생각해 보면 그 심정이 이해는 간다만… 난리 난 거 맞네, 뭐."

그녀는 노트북을 톡톡 치며 설명했다.

"백 프로덕션 주가가 엄청나게 폭등하고 있단 말이지. 엄마랑 나도 몇 년 전에 투자를 해놓은 게 있걸랑. 완전 대박 난 것 같은데?"

주식을 매수한 지 한참 지났기 때문에 내부자거래 등 법적으로 문제될 건 없었다.

이도원은 피식 웃으며 대답했다.

"그럴수록 일희일비 말고 마음 편히 떠나야지. 아마 마음껏 쉬진 못할 거야. 해외여행 일정도 맞출 수 있을지 모르겠네."

"그건 또 무슨 소리야? 이번엔 무조건 같이 갔다가 같이 오는 거야. 성인된 후로 엄마 모시고 가는 첫 여행인데……."

"알겠습니다. 걱정 붙들어 매십시오. 그건 무슨 일이 있어도 지킬 테니까. 다만 곧 다시 바빠질 거라는 뜻이야."

"무슨 예언자 같네."

이다원이 구시렁거렸다.

그녀를 곁눈으로 바라본 이도원이 말했다.

"아마도 이번에 한국에서 촬영한 영화가 먼저 시상식에 오를 거야. 상을 받든 못 받든 참석해야 될 테고. 그리고 이쪽 이벤트가 끝날 때쯤에는 브로드웨이에서 연극 공연이 있어.

마지막으로, 〈이분법〉이 시상식에 올라가겠지."

그에 이다원이 눈을 가늘게 떴다.

"세상 일 혼자 다 하냐? 진짜 눈코 뜰 새가 없네, 아주. 차지은은 너 어디가 좋다고 만난다니."

"그러게 말이다."

이도원은 휴대폰의 메시지를 확인했다. 그러고는 차지은에게 답장했다.

실실거리는 그를 본 이다원이 피식 웃었다.

"아예 같이 데려가! 세부로."

이도원이 고개를 돌리며 진하게 표정으로 물었다.

"진짜?"

"그래, 엄마도 좋다고 하실 걸? 어차피 서로 얼굴 알고 뭐… 다른 문제 있나? 가족들이 나서야지 이대로 두면 뺑 차일 것 같아서. 우리 동생이 좀 바쁘셔야지."

"역시 누나밖에 없다."

"이럴 때만?"

이다원이 덧붙여 말했다.

"엄마가 널 더 예뻐하긴 해도, 내가 더 친하니까 내가 한 번 얘기해 볼게."

"감사합니다, 누님."

이도원이 공손하게 대답하자 신이 난 이다원은 곧장 어머니에게 전화를 걸었다.

한편 이도원은 차지은에게 전화를 했다.

─오빠. 무슨 일이야?

그녀의 말투를 들은 이도원이 벙 쪄서 대답했다.

"방금 전까지 존대하다가 이상한 타이밍에 말 놓네."

─남자 친구, 여자 친구 사이는 이런 거죠. 하하.

차지은이 어색하게 웃었다. 어릴 때부터 활동만 하느라 제대로 된 연애 경험이 전무한 그녀였다.

내숭도 전무한 그녀를 대하며 이도원이 물었다.

"그나저나 이번 가족 여행, 너도 같이 가면 어떨까 해서."

─에이, 어떻게 그래요?

"누나가 먼저 얘기한 거야."

─정말요?

잠시 침묵하던 차지은이 되물었다.

─가족들이랑 함께 가면, 단둘이 가는 게 아니니까 위험하지도 않고……

"무슨 말이 그래? 단둘이 왜 위험해?"

─오빠도 남자니까.

"애가 날 뭐로 보고……. 아니지? 지금이 어떤 세상인데!"

이도원이 발끈하자 차지은이 쑥스럽게 대답했다.

─위험했으면 좋겠다고요. 뭐, 스릴도 있고.

이도원은 잠시 동안 할 말을 잃었다.

민망해진 차지은이 태도를 바꾸었다.

―장난이에요, 진심으로 받아들인 건 아니죠?

"아니, 백 퍼센트 진심으로 받아들였어. 그리고 앞으로도 진심으로 받아들일 거야."

진지하게 대답한 이도원이 본론으로 돌아가 물었다.

"어쨌든 넌 함께 가도 좋단 거지?"

―네, 전 좋아요.

"그리고 존대면 존대, 반말이면 반말. 하나만 하자."

―그럼 반말.

차지은은 대뜸 말을 놓았다.

이도원이 입이 귀에 걸려서는 천장을 보고 있던 몸을 뒤척이며 이다원에게 물었다.

"어떻게 됐어?"

이다원은 손가락으로 동그라미를 그리며 어머니랑 통화를 계속했다.

"요즘에는 스마트 폰 어플로 간단한 건 통역 다 돼요~ 게다가 도원이가 있는데 뭐가 걱정이야. 애는 허구한 날 미국 가 있어서 반쯤 교포라니까? 딸도 간단한 대화는 충분하고요. 엄마한테 딱 붙어서 다닐게……."

한쪽에선 모녀의 정겨운 통화가 이뤄지고 있었다.

물론 이도원은 연애질에 열심이었다.

"이번 주 금요일 날 출국이니까 아침 일곱 시까지 공항으로 오면 될 것 같아."

─우와, 완전 기대되네! 오랜만에 비키니 입어야지! 옛날에 화보촬영 할 때 산건데, 하도 안 입어서 수영복에 녹이 슬려고 하더라고. 아니면 커플로 레쉬가드 맞출까?

반말로 속사포처럼 묻는 게 엄청나게 기대하는 눈치였다.

너무 격한 반응에 당황한 이도원이 대답했다.

"커플 레쉬가드, 좋지."

─가족들이랑 있는데… 좀 그렇지 않을까?

그럴 것도 같았다.

고민하는 이도원을 보며, 전화를 끊은 이다원이 메시지를 보냈다. 이도원이 들고 있는 휴대폰으로 연달은 신호음이 터졌다.

─아주 꼴값을 한다.

─차지은 데려가는 거 취소.

─안 데려가.

모두 이다원에게서 온 메시지였다.

발끈한 그녀를 보며 고소해진 이도원이 씨익 웃고는 수화기에 대고 말했다.

"비수기인데다, 이번에 가기로 한 해변은 그나마 인적이 좀 드물거든. 비밀 유지 잘해야 돼. 안 그래도 시끄러운데 잘못하면 조용한 세부 해변이 전쟁터로 돌변하는 수가 있어. 우리를 질투하고 시기하는 양반들이 너무 많다."

세부 여행은 무려 한 달 일정이었다. 애초부터 사랑하는 사람들과 푹 쉬다 오기로 마음을 먹고 출발한 여행이지만 결과적으로 이도원의 약속은 지켜지지 않았다.

세부에서, 어머니가 쓰러진 것이다.

정확히 출국 일주일 만이었다.

세부 현지의 병원으로 이송된 어머니가 검사를 받는 동안, 세 사람은 초조한 심정으로 기다렸다.

특히 이도원의 걱정은 특별했다.

'아직 오 년도 더 남았는데.'

암 판정을 받으시기까지 칠 년 정도의 시간이 있었다. 해서 매년 정기검진을 잡아드리고 있는 상황이었다. 하지만 현재가 바뀌었다는 사실을 종종 느껴오던 이도원으로서는 불안할 수밖에 없었다.

차지은이 그의 손을 살며시 잡으며 말했다.

"매년 검진 받으셨다면서. 그것도 자세히. 별일 없을 거야."

맞은편에 앉은 이다원이 의연한 표정으로 동조했다.

"맞아, 걱정 마."

두 사람의 위로를 받은 이도원은 고개를 끄덕였다. 그들은 서로를 위로하며 자신의 불안감을 해소했다.

어머니가 검사실로 들어간 지 삼십 분 만에 나왔다. 그녀를 부축하고 나타난 의사가 설명해 주었다.

"MRI 검사를 마쳤습니다. 결과가 나오는 데까지는 이십 분 정도 걸린다고 보시면 됩니다."

자리에 앉은 어머니는 세 사람을 보며 미안한 표정으로 말했다.

"다 같이 왔는데 미안하다. 너무 걱정하지 않아도 된다. 빈혈 같아."

모두가 동시에 그랬으면 좋겠다는 생각을 했다.

초침 소리가 크게 들려오는 가운데 정적 속 20분이 흘러갔다. 그리고 마침내, 담당 의사가 검사 결과를 들고 돌아왔다.

"보호자 분."

이도원이 대표로 나갔다.

잠깐 그를 바라본 의사가 입을 열었다.

"자발성 뇌출혈입니다. 다행히 조기발견 한 케이스라서 손상을 최소화 할 수 있을 것 같습니다. 환자 분도 건강하신 편이고요. 다만 최대한 빨리 수술을 받으셔야 합니다."

뇌출혈이라면 단순 과로와는 차원이 달랐다. 수술하면서 사망 시 보호자 동의서에 싸인을 해야 할 만큼 위험한 상태인 것이다. 더구나 수술이 성공적으로 끝나도 장애를 얻을 확률이 높았다.

심장이 내려앉은 기분에 사로잡힌 이도원이 간신히 대답했다.

"알겠습니다."

그나마 불행 중 다행인 것은 초기에 발견했다는 사실이었다.

이도원은 가족들에게 가서 이 사실을 알려주었다.

"…다행히 초기에 발견해서 크게 위험한 상태는 아니라고 해요. 빠른 치료가 필요하기 때문에 당장 한국으로 돌아가는 것도 어렵고요. 일단 이곳에서 수술을 받고 어느 정도 회복되시면 가야 할 것 같아요."

가장 큰 충격을 받았을 어머니는 짐짓 편안한 미소를 지으며 고개를 끄덕였다.

"그래, 그러면 되겠다."

이다원이 어머니의 손을 잡았다.

"엄마, 괜찮아?"

"괜찮아. 조기에 발견 했다잖니? 얼마나 다행이야."

"그러게……."

차지은은 고개를 돌리고 눈물을 뚝뚝 흘리고 있었다.

한편 이도원은 나직이 한숨을 쉬었다. 그때 허벅지를 간질이며 휴대폰 진동이 울렸다.

징— 지잉—.

이도원이 전화를 받았다.

—회사에서 들었다. 어머님은 괜찮으신 게냐?

이상백이었다.

이도원은 자리를 옮기며 대답했다.

"뇌출혈이세요. 다행히 조기에 발견하셔서 빨리 수술하면 회복하실 수 있답니다."

—그래… 공연 일정은 취소하마.

"그렇게 해 주세요."

—알겠다. 어머님 잘 모시고.

"예, 알겠습니다."

대답한 그가 전화를 끊고 막 돌아서는데, 어머니가 몇 걸음 뒤에 서 있었다.

그녀는 심각한 표정으로 말했다.

"약속되어 있던 일을 취소한 거니?"

거짓말을 할 수 없어 이도원이 대답했다.

"네. 괜찮아요, 엄마."

어머니는 고개를 저었다.

"네가 이번에 한다는 해외 공연 홍보 포스터까지 쫙 깔렸더구나. 오기 전에 너 몰래 가려고 네 누나랑 표를 알아봤다. 어미가 죽을병도 아니고, 공연을 왜 취소한다는 거니?"

그녀는 이도원이 이해되지 않는다는 표정이었다.

그러나 정작 이도원도 같은 표정을 짓고 있었다.

"그래도 후회할 짓을 하고 싶진 않아요."

만약 수술에 문제라도 생기면, 건강한 어머니를 보는 게 마지막이 될 수도 있다. 그런 일이 벌어져선 안 되겠지만 그때가서 한스러울 불효를 저지르고 싶진 않았다.

"엄마, 같이 있게 해주세요."

그에 이다원과 차지은이 합세해서 설득했다.

"맞아요. 엄마, 내가 봤을 때도 도원이가 함께 있는 게 맞아."

"네, 어머니. 저도 그렇게 생각해요."

어머니는 마지못해 고개를 끄덕였다.

"휴……. 알겠다."

*　　　*　　　*

삼 일 후 어머니는 네 시간에 걸친 수술을 했다. 수술 회복 기간은 3주에서 4주로, 그동안은 안정기를 가져야 한다는 말을 들었다.

어쩔 수 없이 함께 온 세 사람도 세부에 발이 묶였다. 여기서 새로웠던 점은 차지은이 마치 자신의 가족처럼 어머니를 함께 보살폈다는 것이다.

이도원은 내심 감동했으나 겉으로 표현하진 않았다. 그 대신 이다원이 수차례 고마움을 표하며 따뜻하게 대했다. 그렇게 일주일 쯤 지났을 때, 이상백으로부터 전화 한 통이 걸려 왔다.

―〈이분법〉이 영화 개봉 일주일 만에 각국에서 백만 관객을 돌파했다. 동시 개봉으로, 도합 천만 가까이 끌어 모은 셈이지. 특히 한국과 미국은 열광하고 있어. 심지어 공연 일정이 잡혀 있던 극단에선… 전세기를 지원할 테니, 출연 계약을 파기하지 말아달라더군.

똑똑히 듣고도 믿기 힘든 제안이었다.

이도원이 멍하니 물었다.

"그, 전세기를 지원한다는 건……."

―그래. 리허설 때마다 미국까지 오갈 전세기를 지원해준다는 거야. 부족한 연습량은 연출이 너를 위해 따로 신경 쓴 대본을 보내 해결한다더구나.

이상백은 떨리는 어조로 덧붙였다.

―어떻게 할지, 직접 정하는 게 좋겠다.

생각지도 못한 제안에 고민하던 이도원이 입을 열었다.

"일단 가족들과 상의해 보고 연락드리겠습니다."

다음 그는 이다원을 병원 커피숍으로 불러냈다.

그녀는 며칠 동안 못 감은 머리를 뒤로 묶고, 화장기 없는 얼굴로 맞은편에 앉았다.

"왜?"

"미국에서 전세기를 보내준다고, 꼭 이번 작품을 함께 하고 싶다는 연락을 받았어."

이다원은 빤히 그를 응시하며 입을 열었다.

"그래서?"

"상의하는 거야. 누나는 어떻게 생각하나 해서."

이도원의 말을 들은 이다원이 피식 웃었다.

"어차피 넌 결정을 내린 채 나에게 묻고 있어. 엄마는 안정적으로 회복하고 계셔. 남아서 그 모습을 확인했으니, 이제 공연에 참여해도 되고."

그녀는 말을 이었다.

"네 생각이 맞아. 이제는 그 사람들과 신뢰를 지키는 게 우리 모두를 위한 길이야. 마음이 편치는 않겠지만, 스스로 극복해야 할 문제인거고."

이도원은 고개를 끄덕였다.

"고마워. 안심하게 해줘서."

"그래, 그리고……"

말끝을 흐린 이다원이 고민 끝에 덧붙였다.

"지은이는 먼저 한국에 들여보내자. 우리 때문에 너무 고생해."

"말해봤지."

대답한 이도원은 고개를 저었다.

"함께 있고 싶어 해. 돌아가도 마음이 불편할 것 같다고. 그래서 공연이 시작되면 엄마, 누나랑 함께 지은이도 초대할 생각이야. 전세기를 보낼 테니까 이곳에 머물고 있다가 엄마가 회복되면 함께 와."

이다원이 긴 한숨을 내쉬며 어깨를 으쓱였다.

"엄마가 뿌듯해 하시겠다. 좌석도 엄청 비싸던데."

이번 공연은 브로드웨이 최대 규모의 신축 국립 극장에서 이뤄진다. 지금까지 경험해 본 적 없는 대극장용 공연인 것이다.

이도원으로서는 그 부분에 대한 부담도 느꼈다.

'비싼 티켓 값을 지불하는 관객들을 실망시키면 안 될 텐데.'

티켓 값이 중요한 건 아니었지만, 어떤 공연이든 관객을 실망시키면 안 되는 건 같았다. 그런데 이번 공연은 열악한 조건에서 연습을 해야 하는 상황이었다. 먼저 영어로 진행되며, 극단의 배우들과 호흡을 맞춰볼 시간이 현저히 적었다. 반면에 분량은 가장 많았다.

어쩌면, 미국에서 동양인 최초로 톱스타 반열에 오른 이도원을 배척하려는 의도가 숨어 있는지도 몰랐다. 이도원이 브로드웨이의 큰 무대에서 실수라도 하는 날에는 돌이킬 수 없는 데미지를 입게 될 터였다.

'백 번 잘하다가 한 번 실수하면 떨어지는 곳.'

그런 곳이, 이도원이 종사하는 업계였다.

하지만 그는 실패를 두려워하지 않았다. 긍정적이고 도전적인 마음가짐이야말로 지금까지 무너지지 않고 버틸 수 있었던 원동력이었던 것이다.

한참을 생각에 잠겼던 이도원이 말했다.

"멋진 공연을 보여줄게. 엄마 기운 차리시면 함께 보러 와."

*　　　*　　　*

결정을 내린 이도원은 전세기를 타고 미국으로 갔다.

제작사 측에선 리허설 때만 연습에 참여해도 된다고 제안했지만 그렇게 넉넉한 상황이 아니었다. 지금부터 참여해도 따라갈 수 있을지 미지수였던 것이다.

전세기 안에서 이도원은 기장과 스튜어디스들에게 싸인을 해주고 함께 사진을 찍었다. 세부에 남겨두고 온 가족들이 못내 마음에 걸려 기분이 울적했지만, 겉으로는 미소를 띠었다.

그는 대중 앞에 모습을 잘 드러내지 않는 편이라 딱히 어렵다고 느낀 적이 없었는데, 이번만큼은 표정 관리하기가 고역이었다.

"고맙습니다."

스튜어디스들은 이도원과 악수를 나누며 즐거워했다.

비록 상황은 적절하지 않았지만, 비로소 해외에서의 인기를 실감하는 순간이었다.

"피곤하네."

한바탕 소란이 가라앉자, 조용히 중얼거린 이도원은 이어폰을 꽂고 노트북을 켰다. 그리고 이상백이 보내준 공연 대본을 확인했다.

이미 잘 알려진 셰익스피어의 〈햄릿〉이었다. 하지만 같은 연기를 해도 매번 느낌은 다른 법. 마이크를 달긴 하지만 대극장 연기는 호흡과 발성이 더 들어간다. 각자의 목소리가 다르듯이, 분명 이도원만이 가진 스타일이 더 잘 묻어날 터였다.

'재밌겠는데.'

공연 당일까진 세 달의 시간이 남아 있었다.

그사이 유태일 감독의 영화가 개봉한다.

또한 2월에는 아카데미 시상식이 열린다.

그다음 공연이 올라간다. 제작사 측에선 바로 이 점을 노린 것이다. 이도원의 주가가 폭발하는 시점에 연극이 시작된다면, 티켓 파워가 폭발할 건 자명한 사실이었다.

더불어 백 엔터테인먼트 주가도 천정부지로 치솟고 있었다. 따라서 소속 배우들이 함께 출연한 예능의 시청률도 함께 올라갔다. 곧 예능이 만들어지는 과정에서 투자한 회사의 자금도 몇 배로 회수될 터였다.

이곳저곳에서 끊임없이 시너지 효과가 터지고 있었다. 자본뿐 아니라 이도원과 관련된 기사들이 인터넷을 떠들썩하게 만들었다. 그야말로 제2의 전성기를 맞이하고 있는 것이다.

이런 내용들이 고스란히 적힌 보고서를 읽은 이도원은 노트북을 OFF시켰다.

"그러거나 말거나."

그는 수면 안대를 덮으며 몸을 젖혔다.

피로가 물밀듯이 들이닥쳤다.

분명 마치 통과의례처럼, 초반에는 현지 배우들과 익숙한 기 싸움이 있을 것이다. 그러려면 푹 자고, 베스트 컨디션을 만들어 놔야 했다. 연습에 임해서 실력을 보여주고 인정받아야만 했다.

이도원은 이런 방식의 생활이 꽤나 흥미진진하고 즐거웠다. 원래부터 승부사 기질이 있었기 때문이다.

'그다지 안정적이진 않지만.'

그런 생각을 하자 차지은이 떠올랐다. 모험적인 성격의 이도원과는 달리 안정적인 방향성을 추구하는 상대였다. 좋게 보면 서로 상호보완적인 관계를 가질 수 있을 테고, 안 좋게 보면 서로 마찰할 우려도 있었다.

어쨌거나 핵심은 하나였다.

'꿈과 사랑을 모두 이뤄나가야만 행복할 수 있을 것 같다. 아니면 반쪽짜리일 뿐이야.'

욕심이 많을수록 행복의 기준은 올라간다. 그리고 대다수가 생각하는 행복은 어쩌면 평범한 삶이다. 당연하게 누려야할 것들이 특별한 게 되어버린 세상에선 평범한 삶이 가장 힘들 수밖에 없었다. 그건 최고의 배우, 그리고 부자인 이도원도 마찬가지였다.

전세기를 타고 미국으로 간 이도원은 공연 연습에 착수했다. 한 달쯤 지났을 때, 한국으로부터 초청장이 날아왔다.

유태일 감독의 작품인 〈회색 추억〉의 청룡영화제 남우조연상 후보에 올랐다는 소식이었다.

이진빈은 얼굴이 벌개져서 흥분했다.

"단 한 씬으로 남우조연상이라니……. 역사에 길이 남을 일입니다. 형이랑 여주인공 역할의 서지우가 준 인상이 너무 강해서 김진우는 완전 묻혔어요."

그가 건네는 태블릿을 받은 이도원은 고개를 끄덕였다.

남우주연상은 김진우가 아닌 방우진의 몫이었다. 김진우는 조용빈과 함께 인기스타 상을 받았다.

나머지 백 엔터테인먼트 배우들은 드라마에만 출연했기 때문에 영화제 수상 후보에 이름을 올리지 못했다.

"김진우가 상심이 크겠네."

이도원의 말을 들은 이진빈이 맞장구를 쳤다.

"그럼요. 꽤나 충격을 받았을 거예요. 남우주연상을 받은 방우진이야 다른 작품이라지만 형은 자기랑 같은 작품이었잖아요.

"대신 상 종류가 다르잖아."

"에이. 그래도 작품이 훌륭했다는 뜻이잖아요. 더구나 마약 사건이 있기 전까지 한국에서는 김진우가 형보다 훨씬 더 많은 작품 활동을 했는데, 얼마나 억울하겠어요?"

그 말은 틀린 구석이 없었다.

이도원은 대답 대신 화제를 돌렸다.

"어쨌든 난 대리 수상을 했으면 하는데. 알다시피 지금도 공연 연습 기간이 부족해."

"그래도 너무 공식 석상에 얼굴을 안 비추면 이미지에 악영향을 받을 수 있다는 분석이에요. 한국 사람인지 미국 사람인지 모르겠다, 뭐 이런 반응이 나올 수도 있다는 거죠."

"그럴 수도 있겠네."

간단히 수긍한 이도원이 말했다.

"그럼 수상은 직접 하는 걸로 하지."

"그래요. 그리고 다음은 제임스 윌리스 감독의 〈이분법〉이 아카데미 시상식 작품상 후보에 올랐다고 합니다. 물론 편도로 들어온 정보에 불과하지만요."

"찌라시 수준이라는 건가?"

"설마요, 심사위원이 그렇게 말했다던데."

이진빈은 고개를 저으며 덧붙였다.

"영화를 본 사람들은 죄다 형이 남우주연상을 받아야 한다고 주장하고 있어요. 인터넷도 떠들썩하고요. 수상에 반대하는 사람들도 있긴 하지만 인종 차별주의자를 비롯한 일부에 불과하다는 결론이에요."

"국회의원 선거하는 것도 아닌데 뭘."

"그래도 여론은 무시 못해요. 수상자를 결정하는 심사위원들도 꽤 신경이 쓰일 겁니다."

이도원은 대수롭지 않게 어깨를 으쓱이며 넘겼다.

"그리고 다음은?"

"세부 병원에 연락해서 매일 아침 어머님의 건강 상태를 체크하고 전송해 달라고 요청해 뒀습니다."

"난 그런 부탁한 적 없는데."

"회사에서 결정한 내용입니다."

"그걸 해주나?"

"예."

이진빈이 짤막하게 대답했다.

이도원은 입을 닫았다. 해준다는 데 굳이 사양할 이유는 없었던 것이다.

이윽고, 이진빈이 다시 입을 열었다.

"줄리아 패닝은 전과 다름없이 드라마 위주로 출연하고 있습니다. 내공이 쌓이면 영화 쪽으로 방향을 잡을 거라고 그녀의 담당 에이전트가 전해왔습니다. 불만 사항은 형이 너무 바빠서 직접 연기 레슨을 받을 수 없는 점이라더군요. '도원 오빠에게 연기를 배우고 싶어서 백 엔터로 들어왔는데 이게 뭐냐'고 했답니다."

이도원이 피식 웃었다.

"정해진 계약기간도, 위약금도 없으니 조만간 나갈 수도 있겠군."

"그럼 한국에서 대부분 자금을 끌어와 쓰게 됩니다. 미국 지사가 유령회사가 될 수도 있어요. 형이 좀 어르고 달래 주셔야 할 것 같습니다."

이진빈의 말을 들은 이도원은 고민했다.

'어떻게 달래준다?'

잠시 생각한 후 나름대로의 결론을 말했다.

"결국 줄리아 패닝이 원하는 건 연기적으로 도움을 받는 거지?"

"형한테요."

"그래, 나한테."

이진빈이 고개를 끄덕였다. .

"그렇죠."

턱을 쓸던 이도원은 진지하게 해결 방법을 내놓았다.

"줄리아 스케줄 아직 안 나왔지? 그럼 지금 하고 있는 드라마 끝나는 즉시 여기로 보내."

"예?"

"줄리아도 앞으로 일주일 안에 촬영 끝나니까, 마침 내가 미국에 있을 때 공연 준비하면서 겸사겸사 같이 연습하면 되잖아."

"괜찮으시겠어요?"

"정규 연습 끝나고 따로 하지, 뭐."

확실히 그러면 불만은 수그러들 터였다.

고개를 끄덕인 이진빈이 메모하며 대답했다.

"알겠습니다. 회사 측에도 보고해 둘게요."

"그래. 그럼 이제 급한 일은 모두 일단락된 것 같고……."

이도원은 말끝을 흐리며 책상 위에 있는 어머니의 건강 상태 보고서를 읽었다. 하루하루 나아지고 있다는 긍정적인 내용이 적혀 있었다.

"이번 공연 때 가족들을 모두 초대하고 싶으니까 최대한 안전하고 편안한 방법을 찾아봐."

이도원의 지시를 받은 이진빈이 고개를 끄덕였다.

"알겠습니다. 차질 없이 진행할게요."

이제는 제법 노련해 보이는 그였다.

*　　　　*　　　　*

이도원은 자신을 보는 시선을 즐겼다. 누군가는 기대를, 누군가는 조롱을 보내고 있었다. 그로부터 나오는 흥분이 아드레날린을 분비시켰다. 교감신경이 자극을 받는 찌릿한 느낌과 함께 의식이 배역 속으로 빨려 들어갔다. 그는 〈햄릿〉의 햄릿이 되어 눈을 감았다.

"사느냐 죽느냐, 이게 문제로다."

날카롭게 응축된 조용한 목소리는 청중의 귀가 아닌 가슴을 찔렀다.

이도원의 미간에 주름이 생기며 침착한 어조가 이어졌다.

"어느 쪽이 더 사내다울까? 가혹한 운명의 화살을 받더라도 참고 견딜 것인가? 혹은 밀려드는 재앙과 싸울 것인가?"

끝에서 음성이 살짝 떨렸다.

그는 격앙된 모습조차 절제하고 있었다.

그리고 나직이 한숨을 쉰다.

"죽어버려 잠든다. 그것뿐이겠지."

이도원이 고개를 저으며 눈을 스윽 떴다.

"잠들어 육체가 받는 고통이 사라진다면, 그건 바라마지 않는 삶의 종말이다. 죽어, 잠을 잔다."

나직이 되뇌며 독백한다.

"잠이 들면 꿈을 꾸겠지? 이승을 벗어나 영원히 잠들었을 때 어떤 꿈을 꿀 것인지 두렵다. 그러니 이 고해 같은 삶에 집착이 남는 것. 그렇지만 않다면 누가 이 세상의 채찍질과 모욕을 참고 살아가겠어? 압제자의 폭정과 교만한 자들의 횡포, 보답받지 못한 사랑의 고통, 정의를 지연시키는 법관들과 위세만 부리는 관리들, 고결한 인간이 저속한 무리들로부터 받는 치욕과 수모를 그 누가 견딜 수 있겠는가? 이 칼 하나면 모든 것을 쉽게 끝낼 수 있는데, 누가 이 고단한 인생을 힘겹게 신음을 토해가며 살아갈 것인가?"

이도원의 표정은 바람 앞의 등불처럼 일렁이고 있었다. 죽어 모든 것을 끝내고 싶은 마음과 삶에 대한 미련이 상충되며 그를 절망의 나락으로 떨어뜨렸다.

"아무도 본 적 없는 죽음의 영토. 한 번 발을 디디면 다시는 돌아올 수 없는 세계. 그것이 우리의 결심을 망설이게 하고 차라리 이 세상의 고난을 겪으며 살아가게 만든다."

이도원이 손을 뻗어 벽을 짚으며 고개를 저었다. 그는 한마디, 한마디 씹어 뱉듯 멸시와 분노를 담아 자신에게 돌팔매질을 했다.

"그런 생각이 우리를 비겁한 존재로 만들고, 그런 생각이 붉고 생기 넘치던 기분을 창백하니 병들게 만들고, 혼신의 힘을 다해 계획한 일조차 덧없이 사라지게 한다! 실천할 의욕마저 잃게 만든다."

햄릿이 느끼는 괴로움이 생생히 전해졌다.

기술과 감정이 완벽히 맞물려 톱니바퀴처럼 돌았다.

그와 함께 보는 이들의 심장도 뛰었다. 통제를 벗어나 이도원의 연기에 반응하는 것이다.

당연한 말이지만 누구도 더는 조롱 섞인 표정을 보내지 못했다. 이 자리에 모인 모두가 국적을 나누기 이전에, 동종의 꿈과 직업을 가진 배우들이었기 때문이다.

짝, 짝, 짝ㅡ.

처음 한 명에서 시작된 박수 소리가 곧 실내를 가득 채웠다.

한차례 독백을 보여줌으로서 자신에 대한 소개를 마친 이도원은 짧게 목례를 하고 단원들이 속에 섞였다.

방금까지 이도원이 있던 무대로 마이크를 들고 나온 연출이 입을 열었다.

"이 정도면 세부까지 전세기를 보내 초청한 이유가 밝혀졌

으리라고 봅니다. 그동안 새로운 배우를 섭외하지 않는 것이 불만이셨던 분들도 납득이 가셨겠죠?"

단원들은 다들 고개를 끄덕였다.

기다린 보람이 있었던 것이다.

더구나 이도원을 보면 앞으로 호흡 맞추는 데에도 아무런 문제가 없을 것 같았다.

연출이 말을 이었다.

"도원 씨도 연습에 열심히 참여해 주기로 했습니다. 이번 공연은 브로드웨이 역사상 가장 대규모로 진행됩니다. 그래서 셰익스피어 작품, 그것도 '햄릿'이 정해진 겁니다. 우리는 관객에게 '햄릿'을 난생 처음 봤을 때와 동일한 충격을 선사해야 합니다."

고무적으로 말한 연출이 손을 천장을 향해 뻗었다.

그러자 무대 위 천장에서 큰 천막이 팔락— 소리와 함께 떨어졌다. 이어서 팽팽하게 펴진 천막은 이번 연극의 투자자들의 이름을 드러냈다.

투자자 중에는 세계 최고의 부자부터 고위 공직자까지, 이름만 들어도 입이 쩍 벌어지는 사람들이 들어 있었다.

연출이 끝으로 밝혔다.

"보시면 아시겠지만, 어마어마한 분들이 우리와 함께 하십니다. 또한 출연진과 제작팀의 개런티를 제외한 이번 연극의 수익금은 모두 기부금으로 돌아갑니다."

$$* \qquad * \qquad *$$

한창 연습이 진행되고 있는 시기.

뉴욕에서 드라마 촬영을 끝낸 줄리아 패닝이 이도원을 찾아왔다.

반갑게 인사를 나눈 그녀가 서운한 듯 말했다.

"연기를 배울 수 있을 줄 알았는데, 제 계획은 망했어요."

동서를 막론하고 아이들은 빨리 큰다.

줄리아 패닝은 전에 봤을 때 보다 숙녀 티가 나 보였다.

그녀를 빤히 응시하던 이도원이 피식 웃으며 답했다.

"그래서 불렀잖아."

"너무 늦었다고요."

그래도 아직까진 영락없이 심술 난 어린아이다.

이도원이 그녀를 손쉽게 달랬다.

"훌륭한 스승과 제자는 서로 가르치고 배우는 데 긴 시간이 거리지 않지. 양보다 질이랄까? 우리도 마찬가지야. 오늘 하루는 통째로 시간을 비워놨으니까 어떤 연기든 마음껏 펼쳐봐. 너처럼 재능 있는 배우는 더더욱 고유의 스타일을 존중해야 돼."

그는 지시하지 않는 쪽을 선택했다. 줄리아 패닝과 함께 그녀의 문제점을 분석하고 토론할 계획이었다.

실은 연기를 시작하기도 전에, 이도원은 이미 문제점을 파악하고 있었다.

줄리아 패닝은 주어진 연기를 자신만의 스타일로 나무랄데 없이 펼친다. 감독의 상상을 사뿐히 뛰어넘을 정도로 풍부한 감정과 출중한 재능을 가진 배우다. 하지만 복잡하고 폭넓은 분석을 요하는 배역을 만나면 경험 부족으로 인해 곤경에 부딪힌다.

'이런 점은 본인의 경험과 지혜가 쌓일수록 해결된다. 시간이 지나면 저절로 없어질 문제점이야. 당장은 어떻게 할 수 없다. 자유롭게 많은 방식으로 연기를 해보고, 누군가 색다른 느낌의 조언을 던져주는 수밖에.'

그리고 또 한 가지.

'몰입하는 능력이 너무 뛰어나. 배역을 잘못 골랐다가 망가질 수 있다. 배역에서 '빠져나오는 법'을 알아야만 해.'

이것도 가르치긴 애매한 부분이었다. 자신만의 방법을 찾아야 한다. 만약 찾지 못하면 재능이 독이 될 수도 있다.

여러 가지 생각을 해본 이도원이 마침내 입을 열었다.

"네가 자신 있는 연기를 해봐. 대본 연기가 아닌 상황극도 괜찮다."

줄리아 패닝은 이도원 앞에서 상황극을 했다. 그녀는 '병석에 누운 아버지를 사랑하는 딸' 역할에 무섭게 몰입했다.

그 모습을 휴대폰 동영상으로 촬영한 이도원이 상황을 내줬다.

"이번에는 실연당한 여자를 연기해 봐."

"네, 알겠어요."

자신 있는 말투로 대답한 줄리아 패닝이 연기를 시작했다. 그런데 여기서 혼동이 왔다. 그녀가 무심코 아버지를 사랑한 딸의 감정으로 연기를 펼치고 있는 것이다.

이도원은 연기를 자르지 않고 모두 휴대폰 화면에 담았다. 연기가 모두 끝난 후 그가 말했다.

"그럼 한번 돌려볼까?"

줄리아 패닝이 나란히 옆에 앉아 방금 전 촬영한 동영상을 보았다.

"이건……."

그녀가 눈을 동그랗게 뜨자 이도원이 물었다.

"어때?"

"두 가지 연기가 비슷해요."

이도원은 고개를 끄덕였다.

"그래, 두 연기가 가진 감정이 똑같아. 첫 번째 연기한 역할에서 완전히 빠져나오지 못했다는 증거지. 그리고 두 번째 역할이

가지는 감정을 온전하게 이해하지 못했다는 이야기도 돼."

그는 일부러 처음에는 자유롭게 상황극을 해보라고 했다.

그에 따라 줄리아 패닝은 자연스럽게 가장 몰입하기 편안한 상황을 연기했다. 그렇게 한참 인물에 몰입한 후 아직 경험해 본 적 없는 상황을 제시받았다.

당연히 두 연기가 충돌하는 것이다.

"와, 여러 에이전트나 감독님들도 알려주지 않았던 부분이에요."

줄리아 패닝이 감탄한 어조로 말했다.

그에 이도원은 어깨를 으쓱이며 대답했다.

"대부분이 네 재능에 놀라서 굳이 결점을 찾을 생각을 안 했겠지. 나도 레슨을 맡지 않았더라면 알아내지 못했을 거고. 아니, 만약 결점을 알았다고 하더라도 다른 사람들처럼 언급하지 않았을 거야. 마땅한 해결책을 제시할 수 없을 테니까."

"그런데 지금은 왜 말하는 거예요?"

"네가 알아둬야 한다는 생각이 들었어."

연습실 창가에 나란히 걸터앉아 있던 이도원이 엉덩이를 떼며 말을 이었다.

"배우가 몰입된 배역에서 빠져나오지 못한다는 건 굉장히 위험한 일이거든. 네가 이걸 알게 되면 연기를 할 때 조심스러워질 테고 재능을 발휘하는 데 방해가 될 수도 있겠지만, 당장은 연기력보다 배역에서 빠져나오는 너만의 방법을 찾는 일이 먼저라는 뜻이야."

사실 스케줄이 겹치지 않는 이상 두 가지 역할을 동시에 해야 될 경우는 드물었다. 따라서 그대로 둬도 아무 일 없을 수도 있겠지만, 과한 몰입이 반복되다 보면 배역에 잡아먹히는 일이 발생할 수 있다는 것이 이도원의 판단이었다.

"책을 보며 마음을 달래보기도 하고, 등산을 해보기도 하고, 가족이나 친구들을 만나서 시간을 가져보기도 해. 여러 가지 활동을 하다 보면 너 자신으로 돌아가게 해주는 가장 손쉬운 방법을 찾을 수 있을 거야. 작품이 끝날 때마다 주의 깊게 살펴야 해."

줄리아 패닝은 진지한 얼굴로 고개를 끄덕였다.

"알겠어요."

그녀는 이도원이 신기했다. 아무리 같은 연기자라지만 단 몇 차례만 보고도 문제점을 파악하는 능력이 대단하기도, 부럽기도 했다.

'저 사람은 연기가 막힐 때나 고민도 없을까?'

줄리아 패닝은 의문이 들었으나 굳이 묻지는 않았다. 이도원이 먼저 말을 꺼내거나 도움을 청하지 않는 이상 배우로서 연기할 때의 결함은 어디까지나 본인만의 프라이버시였기 때문이다.

　　　　　*　　　　*　　　　*

　브로드웨이 연극 〈햄릿〉의 공연 연습이 한창인 11월.

　이도원은 이진빈과 함께 뉴욕의 연습실을 벗어나 청룡영화제가 열리는 한국으로 향했다. 공항으로 귀국했을 때부터 그는 취재진과 팬들에 시달려야 했다. 엄청난 인파가 마중을 나와 있던 것이다.

"어떻게 된 거야?"

　이도원이 묻자 이진빈은 난색을 표했다. 지금껏 백 엔터테인먼트는 이도원의 행로를 철저한 비밀에 붙였다. 지금까지 정보가 샜던 적이 없었는데, 이번에는 어떻게 알았는지 공항이 북새통을 이루고 있었다.

　취재진은 물론 공항까지 나온 팬들만 수백에 달했다. 일반적인 연예인이라면 꿈도 못 꿀 환영사. 이제는 세계적인 스타가 된 이도원이기에 가능한 상황이었다.

"죄송합니다. 정보가 샜을 줄은……."

　이진빈이 사과를 건넸다.

　이도원은 별로 기분 나쁜 기색이 아니었다.

"나무란 거 아니야. 그냥 지금까지와는 달라서 물은 것뿐이지. 백 엔터 쪽에 얘기해서 오후 일정 취소해줘. 의상 대기시키고. 곧장 국립극장으로 가야겠다."

이번 청룡영화제는 국립극장 대극장에서 열리기로 되어 있었다.

서둘러 고개를 끄덕인 이진빈이 대답했다.

"알겠어요, 형. 조심하세요."

경호원들이 통제를 하고 있었지만 혹시 몰라 당부했다.

걱정스러운 표정을 짓던 이진빈은 맡은 일을 처리하기 위해 조용한 곳으로 빠져나갔다.

한편 승객들에게 불편을 초래하지 않기 위해 공항 밖으로 자리를 옮긴 이도원은 기자들이 촬영하기 편하도록 선글라스를 벗고 편안하게 팬들과 소통했다. 악수를 나누고 사진도 찍으며 두 시간이 넘도록 한자리에 머물렀다.

"후."

이도원은 심호흡을 했다. 얼굴에는 경련이 일어날 것 같았고 체력 소모나 심력 소모도 만만찮았다. 시달린다는 말이 무슨 어떤 의미인지 절실히 느낄 수 있었다.

슬슬 한계가 올 때 즈음, 이진빈이 길가에 차를 댔다.

밴에 올라탄 이도원은 고개를 절레절레 저었다.

"생각보다 반응이 격하네."

그때 뜻밖의 목소리가 들려왔다.

"그동안 밤도둑처럼 조용히 다녀서 느끼지 못했던 것뿐이지."

조수석에 앉아 있던 이상백이 고개를 돌려 이도원을 보았다.

"어머님 소식은 나도 주기적으로 받고 있다. 갑자기 일정이 바빠져서 신경이 쓰이지?"

"대표님."

이도원이 피식 웃으며 말을 이었다.

"놀랬잖아요. 그나저나 직접 저를 마중 나와 주시고, 영광인데요?"

"나야말로 영광이다. 여기까지 부른 걸 보면 대충 예상했겠지만 이번 영화제 남우조연상은 확정된 분위기야."

"네."

"이제는 놀라지도 않는구나?"

이상백이 짐짓 묻자, 이도원은 고개를 저었다.

"왜 안 놀라요? 상도 몇 번 못 타봤는데."

"그 몇 번 안 탔던 상이 죄다 최고의 상들이었으니. 하지만 주연상만큼이나 조연상도 의미가 있다. 특히 넌 이번 기회로 주조연, 어떤 배역에서도 존재감을 드러낼 수 있는 배우란 사실이 증명된 셈이니까 더더욱 뜻 깊지."

"저도 그렇게 생각합니다."

대답한 이도원이 미미하게 웃으며 차량 벽면에 걸린 턱시도를 훑었다. 흰색 셔츠와 보타이, 바지와 재킷은 검은색이었다.

"옷 좀 갈아입을게요."

대뜸 말한 이도원은 옷을 훌러덩 벗더니 턱시도로 갈아입었다.

사이드미러로 그를 힐끔 바라 본 이진빈이 입을 열었다.

"형, 지금 가는 건 좀 이르지 않아요?"

이도원이 여전히 옷을 갈아입으며 도중에 대답했다.

"레드카펫 밟기 싫어서. 지금도 충분히 시달렸어."

"그것 참, 기자들한테는 끔찍한 소식인데요."

이진빈의 말을 들은 이상백이 껄껄 웃으며 덧붙였다.

"다른 배우들한테는 좋은 소식이지. 특히 남자 배우들에게는 더더욱. 도원이가 빠진 만큼 주목받을 수 있을 테니까."

이도원이 나타나면 카메라가 그쪽으로 돌아갈 수밖에 없었다. 분명 집중공세를 받을 테고, 아마도 비슷한 시간대 등장한 다른 배우들은 상대적인 박탈감을 느낄 터였다.

하지만 이도원은 이런 관심이 부담스럽기도 했다.

"할리우드 거품도 섞여 있어요. 그래서 찜찜하기도 하고요."

연기력만으로 관심을 받는다고 하기에는 과한 면이 있었던 것이다.

이상백도 그 점을 부정하진 않았다.

"네 말도 일리가 있다. 하지만 유명세나 인기란 단어들 자체가 일종의 거품일 뿐이야. 깨끗한 이미지도 연기만큼이나 배우가 가져야 할 중요한 부분이다. 네 이미지가 팬들에게 그만큼 좋게 비춰진다는 뜻이니까 불편해할 것 없이 즐겨라."

이진빈도 고개를 끄덕이며 맞장구를 쳤다.

"맞아요, 형. 제가 자주 모니터링하는데 형만큼 안티 없는 배우도 드물어요. 뭐, 몇몇이 있긴 하죠. 이번에 가장 유력한 남우주연상 후보 방우진이나 인기스타상 조용빈도 그런 케이스니까."

그에 이도원이 물었다.

"유태일 감독님도 혜성처럼 등장한 감독이랑 붙는다며?"

"신지호 감독이라고. 우리 쪽에서 먼저 네 이름으로 출연 제의한 걸 거절했다. 보통내기가 아니야."

대답한 이상백은 말을 이었다.

"시나리오가 괜찮아서 차기작으로 생각해 둔 작품인데 차였지 뭐냐."

"이유는요?"

"네 개런티가 높다는 것. 그리고 네가 너무 유명하다는 것."

"그 시나리오. 저도 좀 볼게요."

이도원이 관심을 보이자 이상백이 빙그레 웃었다.

"그렇게 해라. 한국에선 〈투사〉를 빼면 항상 유태일 감독이랑만 작업해 왔기 때문에 슬슬 다른 감독 작품도 들어갈 필요가 있어."

"그러게요. 유 감독님한테는 매번 신세만 졌는데."

"그래서 노 개런티로 출연했잖아? 유 감독과는 앞으로도 좋은 인연을 맺어갈 테고. 서로에게 큰 도움이 되겠지."

이상백의 말에 이도원은 고개를 끄덕이면서도 마음 한구석이 찜찜한 표정이었다.

그리고 이내 결심한 듯 말했다.

"그거로는 부족해요. 할리우드에 길을 열어야겠습니다. 이미 몇몇 감독들이 할리우드 쪽 배급사, 제작사를 끼고 작업했지만 이렇다 할 성과가 나오지 않았죠. 하지만 제가 나름대로 닦아놓은 발판과 유태일 감독님의 시나리오, 연출 능력이 합쳐지면 충분히 성공을 기대해 볼만 해요."

"그래, 그 부분은 나중에 이야기하기로 하고……."

말끝을 흐린 이상백이 창문을 내리며 덧붙였다.

"도착했다."

국립극장 앞. 레드 카펫이 깔려 있고 취재진들도 벌써 도착해 있었다. 하지만 아직 누구도 뒤편으로 슬그머니 들어온 이도원의 차량을 주목하지 않고 있었다. 그들 모두 취재 준비로 바쁜 것이다.

눈치를 살피던 이진빈이 말했다.

"지금, 빨리 들어가셔야겠는데요."

고개를 끄덕인 이도원이 밴에서 내려 잽싸게 뛰어 들어갔다. 국립극장, 대극장 안에는 무대 점검과 자리 세팅이 한창이었다. 문 앞에서 헤드폰을 낀 채 작업을 총괄하던 남자가 이도원을 발견하고는 반사적으로 말했다.

"여기 이렇게 들어오시면……."

그는 이도원을 발견하고 입을 쩍 벌렸다.

"됩니다. 이도원 씨죠?"

"예."

이도원이 고개를 끄덕이자 그가 품에서 펜을 입고 있는 조끼에 슥슥 문질러 건넸다.

"싸인 좀 부탁드려도 될까요? 제 딸아이가 이도원 씨의 열성 팬이라서요."

"물론이죠. 감사합니다."

이도원은 펜을 받아 남자가 뒤따라 내민 종이에 싸인을 해주었다.

"그런데 미리 앉아 있어도 될지……."

"아, 그럼요! 대한민국을 빛내주는 자랑스러운 배우를 막는 사람이 누가 있겠습니까? 하하하."

남자는 호들갑스럽게 너스레를 떨었다.

고개를 살짝 숙여 목례한 이도원이 이름표를 찾아 움직였다. 그는 카메라에 훤히 비춰지는 앞쪽 자리로, 대개 인지도가 큰 배우들이 앉는 곳이었다.

"휴우."

약속된 시간보다 무려 한 시간 반을 일찍 도착한 이도원은
나직이 한숨을 쉬며 허리를 등받이에 기대고 눈을 붙였다. 다
른 배우들이 하나, 둘 도착할 때까지 그는 그대로 휴식을 취
했다.

　밖에서부터 요란스러운 소리가 들려오기 시작하자 배우들
이 입장했다. 대선배들, 중견배우들, 스타들, 신인, 아역까지
다양했다.

　이도원이 아직 만나본 적 없는 사람이 대다수였다.

　'내가 한국에서의 활동이 짧긴 했나보네.'

　백 엔터테인먼트 배우들을 제외하면 이도원의 인맥은 실로
얇았다. 함께 작품을 했던 배우들과만 안면이 있을 뿐, 실상
연락도 자주 하지 못했다. 그는 새삼 허전한 기분에 사로잡혀
생각했다.

　당분간은 한국으로 돌아와 활동하고 싶다고.

　"오랜만이네, 도원이."

　자신을 부르는 뾰족한 음성에 이도원은 고개를 돌렸다. 뒷
자리에 앉은 그녀는 바로 김수려였다.

　"누나, 오랜만이에요."

　김수려는 이도원을 훑으며 빙그레 웃었다.

　"역시 연예계물이라는 게 신통하긴 해. 갈수록 멋있어지네?"

　"하하, 뭘요."

이도원과 달리 김수려는 성형으로 미모를 얻은 대신 그녀
만의 매력을 잃은 모습이었다.

'깜짝 놀랐네.'

너무 변해서 순간적으로 못 알아볼 뻔한 이도원은 얼른 표
정 관리를 했다. 연기자란 직업이 이럴 땐 편리했다.

한편 김수려 역시 알면서도 모른 척 태연하게 말했다.

"언제 같이 작품 한번 했으면 좋겠다. 하긴 나 말고도 그런
꿈을 꾸는 여배우들은 줄을 서겠지만. 훗, 모두 눈에 불을 켜
고 있을 거야."

연예인들도 팬들처럼 직접적으로 모르는 상대 연예인에 열
광한다. 다만 차이가 있다면 현실적인 관계로 발전할 가능성
이 높다는 것뿐.

그런 의미에서 이도원은 현 시점, 여배우들이 선망하는 대
상이었다. 김수려는 그 점을 부각시키며 금칠을 했다.

"이미지 바람직하지. 업계 내에서 소문도 좋지. 배우라면 모
두가 꿈꾸는 할리우드에서 활동하고 있지. 소속사 사장이지.
잘생겼지…… 이만하면 파트너로서 넘치는 장점이잖아. 흠이
라면 품절남이라는 정도?"

그녀는 짧게 덧붙였다.

"맞다, 축하해. 선남선녀의 만남을."

이도원은 고개를 살짝 숙이며 대답했다.

"감사합니다. 과찬이세요."

인사를 건넨 그는 머쓱하게 웃으며 덧붙였다.

"전 예나 지금이나 그대로인데 몇몇 상황이 바뀌었을 뿐이죠."

졸음이 덜 깼는지, 아침만 해도 인파에 시달려서 그런지 나름대로 심오한 말이 나왔다.

그 속에 내포된 내용을 동감할 수 있는 김수려는 씁쓸한 표정으로 대답했다.

"하지만 '보이는 것'이 중요한 직업이고, 세상이잖아?"

이도원은 부정할 수 없었다.

대신 화제를 돌렸다.

"정 국장님이나 민 피디님은 잘 지내세요?"

〈시간아! 돌아와〉 당시 메인 PD(프로듀서)였던 정용주와 AD(조연출)였던 민영기를 뜻하는 질문이었다.

김수려는 아직도 종종 연락하는 듯 어깨를 으쓱이며 대답했다.

"물론 잘 계시지. 네가 너무 바빠서 연락하기 미안하다고 하시더라."

"그동안 신경을 못 썼어요. 저를 도와주셨던 많은 분들에게……."

이도원은 근래 자신의 인간관계에 회의감을 느끼고 있었다. 암울한 기분이 우울증처럼 갈수록 깊어졌다.

'나는 사람을 등지고 어떤 삶을 꿈꾸었나.'

타임 슬립이란 기적이 일어난 후 억울한 죽음에 대한 한을 풀듯이 연기에 몰두했다. 아니, 사람들이 알아주지 않은 채 무명 배우로서 허무하게 끝났던 전생에 대한 보상을 받아내려는 양 악착같이 유명세를 뒤쫓았는지도 모른다.

'난 배우인가, 아니면 스타인가?'

두 단어는 동의어 같지만 엄연히 다른 목적을 갖고 있다. 그러나 배우라면 스타성도 필요하게 마련이다. 조금만 긴장을 늦춰도 어느 한쪽으로 치우칠 수 있으므로 정신을 바짝 차리고 아슬아슬한 줄타기를 해야만 한다.

이도원이 마치 중독자처럼 신체 훈련에 집중하는 것도 같은 맥락이었다. 훈련하는 순간만큼은 스스로 배우라는 자각을 가질 수 있기 때문이다. 맨몸으로 거울 앞에 서게 되면 그 어떤 부와 명예로 치장할 수 없이 발가벗겨진다. 오로지 연기에 대한 갈망만이 남게 된다.

생각에 잠긴 그를 보며 김수려가 도발적인 미소를 지었다.

"역시 넌 눈빛이 예뻐. 반짝이고."

그때였다.

왁자지껄한 웃음소리와 함께 두 사람이 나타났다. 영화 〈투사〉 촬영에서 이도원과 함께했던 윤지민과 정성우였다.

"와, 이게 누구야?"

윤지민이 짐짓 손으로 입을 가리며 놀라워했다.

그녀를 힐끔 바라본 정성우는 입꼬리를 올리며 비꼬았다.

"시집가고 아줌마 다 됐다 했더니, 또 도원이 앞이라고 내숭은."

"어머, 선배님. 그게 무슨 말씀이시와요."

윤지민은 아무것도 모르겠다는 표정으로 응수했다.

두 사람이 주거니 받거니 실랑이를 벌이는 모습을 보며 이도원은 기분이 묘해졌다. 〈투사〉 때는 서로 못 잡아먹어서 안달이더니, 그 후 드라마에서 남녀 주인공 한 번 하고 어느새 친해진 것 같았다.

'난 처음 만난 그대로, 모든 이들과의 관계에 변화가 없다.'

물론 시간이 모든 관계를 우호적으로 만든 것만은 아니었다. 일례로 관계가 악화된 경우도 있었다. 이를테면 윤지민과 박아현 같은.

그렇잖아도 윤지민이 두리번거리며 그녀를 찾았다.

"그나저나 박아현인가 뭔가, 그 싸가지 없는 여자애는 안 왔나?"

이도원은 고개를 절레절레 저으며 나무랐다.

"너무 그러지 마세요. 어디, 윤 선배님 무서워서 시상식이나 오겠어요?"

정성우 역시 덩달아 맞장구를 쳤다.

"그러니까. 동종 업계 종사자끼리 서로 이해하고, 끌어주고 밀어줘야 하는 건데 말이야."

그는 덧붙였다.

"나 계약 기간 끝났다."

"어우, 속물."

감탄사처럼 내뱉은 윤지민이 말을 이었다.

"누가 보면 내가 후배들 군기 잡는 줄 알겠네. 오빠가 〈투사〉 때 은근히 도원이 군기 잡으려고 하다가 시도도 못해본 건 알 사람은 다 아는 얘기에요."

정성우는 움찔 눈꺼풀을 떨며 강력하게 부정했다.

"야, 내가 얼마나 잘해줬는데?"

대화가 거기까지 진행됐을 때, 김수려를 시작으로 갑자기 배우들이 하나 둘 몸을 일으켰다.

이도원은 그들의 시선이 향한 쪽을 바라보았다.

'유태일 감독님.'

그 역시 자리에서 일어나 가볍게 목례를 했다.

악수를 하며 입장한 유태일 감독은 원형 테이블에 둘러앉은 구성원의 면면을 확인하며 지레짐작했다.

"반가운 얼굴들이 몇몇 보이는데. 주최 측에서 도원이를 신경 쓴 것 같구나. 모두 함께 작업했던 배우들이야. 예능 촬영하러 휴가 간 백 엔터 소속 배우들을 빼면… 한 명이 비는군.

김진우."

맨 앞쪽에 동석할 수 없는 인지도의 배우들을 제외하면 그랬다. 그리고 보니 수상자 후보 명단에 없는 조단역들은 뒷자리로 빠져 있었다.

'여기나 저기나, 내가 있을 자리는 아닌 것 같은데.'

이도원은 이 큰 대극장 홀 안에, 수많은 인파들 가운데 덩그러니 혼자 놓인 기분이었다.

그의 표정을 읽은 유태일 감독이 슬그머니 미소를 띠었다.

"왜 그러고 있나? 오늘의 주역 중 한 명이."

"주역이라."

중얼거린 이도원이 주변을 돌아봤다.

같은 배우들조차 이도원이 앉은 쪽을 바라보며 수군거리고 있었다.

이도원, 그리고 친분 있는 배우들이 둘러앉은 원형 테이블을 제외하고 양옆, 앞뒤 모두 관록이 대단한 중견 배우들이었다.

그의 시선을 쫓던 정성우가 곁에서 속삭였다.

"몇몇 속 좁은 선배들은 아니꼽게 볼 수도 있어. 저 양반들이 보기에는 경력도 얼마 안 되는 새파란 녀석이 떡하니 주인공처럼 특별 대우를 받는 것처럼 보일 테니까."

연예계는 원래 위계질서가 대단했다. 반면에 이도원은 실질적으로 이런 암묵적인 룰과 부딪혀 본 기억이 별로 없었다.

'확실히 그럴지도.'

그러고 보면 따가운 시선이 느껴지는 것 같기도 했다.

생각하기에 따라 주변 시선의 감도도 달라지는 법.

이도원은 특별한 상황이 닥치기 전까진 신경을 끄기로 하고 화제를 돌렸다.

"일일이 신경 썼다면 지금쯤 노이로제로 미쳐 버렸을 겁니다."

테이블에 앉은 사람들은 저마다 고개를 주억거렸다. 이도원은 작품을 할 때마다 항상 작든 크든 선입견에 부딪혀왔다. 옛말에 낭중지추(囊中之錐)라고, 잘할수록 눈에 띄며 그만큼 시기를 받게 마련이었다.

이들은 어렴풋이 그런 사정을 알고 있었다. 특히 연예계는 모난 돌이 정 맞는 분위기였다. 늘 특이한 행보로 주목받는 이도원이 겪었을 고난은 안 봐도 비디오였다. 그 예로 언론을 떠들썩하게 달궜던 레드 엔터테인먼트와의 사건도 있었다.

'별의별 일이 다 있었지.'

유태일 감독만은 이도원을 동경이 아닌, 안쓰럽게 보고 있었다.

*   *   *

한창 주가를 올리고 있는 걸 그룹이 댄스곡을 부르는 것으로 청룡영화제의 오프닝 이벤트가 진행됐다. 화려한 퍼포먼스에 절로 흥이 난 배우들도 어깨를 들썩이고 만면에 웃음을 띠며 박수를 쳤다.

다음으로 사회자들이 본격적인 시상식을 진행했다.

남우조연상 후보에, 이도원의 이름이 올라갔다.

그리고 모두가 예상했던 대로 결과가 울려 퍼졌다.

"올해의 청룡영화제 남우조연상은 이도원! 이도원 씨는 큰 기대를 한 몸에 받았던 〈원죄〉에서 소름 끼치는 악역 '김일호'를 연기해 관객들을 공포에 질리게 만들었습니다. 실제로 스크린에 나온 분량은 삼 분 남짓이지만, 잊을 수 없는 명장면을 남겼죠. 카메오 출연으로 화제가 되기도 했었습니다."

남자 사회자가 소개했고, 파트너인 여자 사회자가 말을 받았다.

"이도원 씨는 할리우드에서도 주목을 받았는데요! 매년 다작을 하면서도 매번 큰 흥행 기록을 세워 영화 팬들 사이에서 신적인 존재로 떠올랐습니다. 흔히 연기의 신이라고 불리는 배우들 틈에 이름을 올린 것이죠.

부름을 받은 이도원이 천천히 단상으로 걸어 올라갔다.

사회자들과 악수를 나눈 이도원이 몸을 돌리자, 갑자기 여러 명의 배우들이 동시에 등장했다. 저마다 꽃을 한 아름 안고 나타난 그들은 지금쯤 외국에서 예능 촬영을 하고 있어야 할 백 엔터테인먼트 소속 배우들이었다.

"어떻게······."

이도원이 중얼거리며 눈을 휘둥그레 떴다.

백 엔터테인먼트 소속 배우들은 그에게 강제로 꽃다발을 안겼다. 하도 푸짐해서 얼굴까지 묻혔지만 속마음도 그만큼 부풀었다. 그럼에도 배우들은 짓궂게도 도와주지 않고 단상을 내려갔다. 대신 사회자들이 나서서 꽃다발을 나눠들어주었다.

이도원은 마이크를 입에 붙였다.

"아."

신음처럼, 한숨과 같은 단말마가 나왔다.

이미 시상 소감은 정해뒀는데 아무런 생각도 떠오르지 않았다. 연기가 아닌 진심으로 감정이 복받쳐 올랐다.

이도원의 곁에는 사람들이 있었다. 그 자신만 스스로를 가둬두었을 뿐, 백 엔터테인먼트 소속 배우들은 먼 타지에서도 이도원을 생각하며 깜짝 이벤트를 준비했던 것이다. 굳이 하지 않아도 될 이벤트를 말이다.

"바쁜 척하며 소홀한 저를 항상 같은 자리에서 지켜보고 위해주시는 사랑하는 가족들. 지금은 세부에 계시는 어머니, 누나에게 가장 먼저 영광을 돌립니다. 제가 이곳에 있는 것 모두 두 사람 덕분이에요."

진심이 우러났다. 그들이 언제나 한결 같은 모습으로 돌아갈 곳이 되어주며 가족에게 소홀했던 이도원을 말없이 믿고 응원해 주지 않았다면, 지금의 그는 없었을 것이다.

애틋한 마음에 잠시 소감을 멈췄던 이도원은 '후' 한숨을 쉬며 말을 이었다.

"그리고 이 꽃을 준 우리 백 엔터테인먼트 식구들. 가족처럼 항상 저를 보살펴 주셔서 감사합니다. 대표로서 여러분을 보살필 수 있는 사람이 되겠습니다. 그리고 백 프로덕션 이상백 대표님, 유태일 감독님, 신용운 선생님. 제 은인이십니다. 감사합니다. 마지막으로……."

그는 환하게 웃으며 덧붙였다.

"제 애인, 차지은 씨에게도 사랑한다는 말을 전하고 싶습니다."

우레와 같은 박수가 쏟아졌다. 지금까지 이도원이 보여줬던 놀라운 연기는 없었지만, 한 청년의 빛나는 진심이 있었다.

감사하는 마음.

그것은 찬란했다.

한국에서 일정을 마친 이도원은 다시 미국으로 출국해 공연 연습에 몰두했다.

그사이, 유태일 감독의 영화 〈원죄〉는 뜨거운 화제를 불러왔다. 단순히 영화의 재미가 아닌, 실화를 기반으로 한 영화라는 점에서 주목받은 것이다.

이 일로 과거가 재조명받자 김봉민 의원은 잠시 음지로 숨어들 수밖에 없었다. 완전히 의원직에서 물러나게 만들진 못했지만 그의 악행을 만천하에 폭로한 셈이었다.

그 결과 김진우는 어느 정도 후련한 마음으로 이도원과 함께 백 엔터테인먼트 미국 지사에서 새 출발을 준비하게 됐다.

*   *   *

3달 후, 2월.

아카데미 시상식.

아카데미상은 일명 '오스카상'이라고도 하며, 미국 영화업자와 사회법인 영화예술 아카데미협회(Academy of Motion Picture Arts & Sciences)가 수여하는 미국 최대의 영화상이었다.

아카데미는 노미네이션이라는 후보 형태로 먼저 선출된다. 아카데미상의 '빅5'는 작품, 감독, 남우주연, 여우주연, 각본상을 말하며 수상식이 있기 6주 전에 발표한다. 이 후보에 드는 것만으로도 대단한 영예로 생각된다.

이도원 역시 처음 소식을 들었을 당시, 어안이 벙벙할 정도로 놀랐다. 세간에 떠도는 추측들로 기대는 하고 있었지만 막상 통보를 받자 믿기지 않았던 것이다.

〈이분법〉은 그랜드슬램을 달성했다. 이는 '빅5' 중에 각본을 제외한 작품, 감독, 남우주연, 여우주연상을 수상한 작품을 뜻하는데 역사상 그랜드슬램을 달성한 영화는 고작 3편에 불과했다.

즉, 〈이분법〉은 흥행성뿐 아니라 모든 면에서 선택을 받은 셈이었다.

"형님, 저분들 좀 보세요. 맙소사, 저기 벤 스미스가 있어요!"

이진빈은 입을 쩍 벌린 채 연신 감탄사를 내뱉고 있었다.

시상식장은 그야말로 별들의 향연이었다. 현실 자체가 영화가 된 순간이었다.

이도원은 안으로 입장하며 가슴이 뛰었다.

'꿈같은 일이다.'

지금 이 자리까지 이끌어 준 기억들이 파노라마처럼 꼬리를 물고 떠올랐다.

이도원은 도착하자마자 다른 배우들처럼 포토 존에서 사진 촬영을 했다. 그 와중에 만난 제임스 윌리스 감독이 그의 손을 이끌며 스스로 친분이 있는 배우들을 소개해 주었다. 세계 정상급 배우들과 어울리는 일은 구름 위를 걷는 기분을 선사했다.

이미 그들도 이도원을 잘 알고 있었다.

이도원은 〈하트펑션〉으로 얼굴을 알리고, 〈이분법〉을 통해 장래성을 증명했다. 따라서 많은 감독과 배우들이 관심을 갖고 함께 작업하고 싶다는 의사 표현을 했다.

그때 제임스 윌리스 감독이 시계를 확인하며 말했다.

"…자네 자리는 저쪽이군. 곧 시작할 거야."

"고마워요, 제임스."

이도원은 제임스 윌리스 감독에게 인사하고 자신의 자리로 향했다. 안타깝게도 그가 앉는 테이블의 배우들은 모두 초면이었다. 따라서 이도원은 잠시 낙동강 오리알이 된 기분이 들었으나, 테이블에 가까이 가기 무섭게 먼저 있던 배우들이 아는 척을 하며 손을 내밀었다.

"반갑습니다. 난 숀 크로우입니다."

"아내, 애나 바우어예요."

두 사람은 연기자 부부였다.

또 한 사람, 풍성한 금발에 에메랄드 눈동자를 가진 여배우도 빙그레 미소를 띠며 인사했다.

"로즈 윈슬렛이에요."

그들과 인사를 나눈 이도원은 어색함을 덜며 자리에 앉았다.

그로부터 머지않아 뮤지컬로 오프닝 이벤트가 진행됐고, 사회자 잭 해리스가 시상을 시작했다.

―반갑습니다. 아카데미시상식의 사회를 맡게 돼 영광입니

다. 저는 잭 해리스입니다!

박수갈채와 환호가 터졌다.

시상식이 진행되는 동안 많은 유명 가수들과 배우들이 축하 공연을 했고, 때때로 영화 장면을 패러디해 웃음을 주기도 했다. 또한 그들 중 몇몇은 세계적인 사회문제들을 이야기하며 공감을 얻거나, 눈물을 자아내기도 했다.

내내 이도원은 내심 깨달았다.

'시간 가는 줄 모를 만큼 재밌다.'

화려하지만 경직된 느낌의 국내 영화제들과는 차이를 보였다. 아카데미시상식은 똑같이 화려해도 거침없고 자유로운 분위기였다.

이도원이 이곳만의 특별함을 만끽하는 동안 〈이분법〉이 후보에 올랐다.

―남우주연상의 주인공을 발표하겠습니다. 〈이분법〉에서 '톰' 역할로 우리에게 감동을 선사해준 배우, 이도원입니다. 축하합니다!

뜨거운 박수가 쏟아졌다.

이도원은 단상에 올라 트로피를 받았다.

이내 박수 소리가 잦아들자, 그가 마이크에 대고 입을 열었다.

"감사합니다. 지금 이 순간도 제 볼을 꼬집어보고 싶어질 믿기지 않습니다. 꿈을 꾸는 기분이랄까요?"

시상식에 초대된 모든 영화 관계자들이 진지한 시선을 보내고 있었다.

이도원은 '후' 심호흡을 한 뒤 말을 이었다.

"먼저 저를 선택해주신 제임스 윌리스 감독님, 앤 로버츠 조감독님, 또 많은 스태프와 배우들, 병석에 계신 어머니, 누나, 소속사 식구들, 또한 제 고향 대한민국의 모두와 지금 이 순간을 나누고 싶습니다."

잠시 말을 멈춘 사이, 환호와 박수 소리가 뒤따랐다.

살짝 미소를 띤 채 긴장감에 적응한 이도원이 수상 소감을 마무리 했다.

"영화 〈이분법〉은 우리와 다른 사람들의 이야기입니다. 저역시 이번 영화를 통해 많은 부분을 받아들여야 했습니다. 동성애를 이해해야 했고 혼자된 기분으로 조금 더 특별한 사람들의 외로움을 공감해야 했습니다. 지금도 우리 사회에선 끊임없이 소외받는 사람들이 생겨나고 있습니다. 부디 나와 다르다고 해서 틀렸다고 말하지 않는 성숙한 사회가 되길 바랍니다."

*　　　　*　　　　*

아카데미시상식은 전 세계에 실시간으로 중계됐다.

수상자가 뱉는 모든 단어를 세계가 주목했다.

방송 이후, 한국의 백 엔터테인먼트 본사는 전화에 불이 났다.

예능은 물론 다큐나 뉴스까지 이도원 섭외에 열을 올렸다.

한국인 최초로 오스카상의 영예를 거머쥔 결과는 상상 이상이었다.

"우스갯소리인지도 모르겠는데, 정계에서까지 러브콜을 보냈답니다."

이진빈의 말을 들은 이도원은 피식 웃었다.

러브콜을 보내고도 남을 인사들이었다.

"관심 없다고 전해줘."

"청와대에서도 나라를 빛낸 공로를 치하한다면서 초청장이 왔다던데요."

"잠잠해진 다음에 귀국해야겠네."

이도원은 방어적인 태도로 일관했다.

그는 대극장에 속한 분장실에서 바로 앞에 있을 공연을 준비 중이었다.

"가족들과 지은이는?"

"이미 도착해서 관람석에 계십니다. 보너스로 백 엔터테인먼트 배우들도 왔어요. 예능 프로그램 자체의 포인트가 여행이라서 그런지, 행선지를 이쪽으로 잡았답니다."

"방송국에서 돈 좀 썼겠네."

"형이 1초라도 나오면 시청률이 확 뛸 테니까, 그 점을 노린 거 아닐까요?"

이진빈의 말은 사실이었다.

누가 뭐래도 지금의 이도원은 대한민국에서 가장 빛나는 스타인 것이다.

'내가 그렇게 원했던 일인데……'

그는 씁쓸한 미소를 띠었다.

타임 슬립 전에는 그렇게 원했던 모습인데. 이제는 일상과 너무 거리가 멀어져서 한국으로 돌아가기가 두려울 지경이었다.

이제 와서 불편하다면 뻔뻔한 소리였지만, 불편할 수밖에 없었다.

'대인공포증이라도 생길 것 같네.'

이도원은 고개를 절레절레 저으며 말했다.

"한국 들어갈 땐 전처럼 비밀리에 움직이자."

"그래야죠. 안 그랬다가는 인파에 깔려 죽을지도 몰라요."

이진빈의 대답을 들은 이도원이 고개를 끄덕였다. 조금 과장되긴 했지만 충분히 가능성 있는 이야기인 것이다.

그때, 대기실 문이 열리며 진행 요원이 알려왔다.

"배우들 준비해 주세요!"

이도원은 마지막으로 거울을 한 번 본 뒤, 안내를 받아 무대 위로 올라갔다.

이내 막이 열리고, 배우들이 일렬로 서서 인사를 올렸다.

그러자 깊은 밤바다처럼 보이는 객석에서 박수 소리가 터졌다. 철썩, 철썩 파도가 치는 듯했다.

막이 닫히고, 배우들은 서둘러 무대를 내려갔다.

첫 장면은 이도원의 독백에서부터 시작되기 때문이다.

"후."

이도원은 심호흡을 했다. 동시에 천천히, 양옆으로 막이 열렸다. 홀로 무대 중앙에 선 그의 머리 위로 한 줄기 조명이 내리쬤다.

이도원의 의식에서 객석을 가득 메운 인파가 사라졌다.

바람 소리 한 점 들리지 않는 고요함 속에서 눈을 떴다.

순간, 죽음 뒤에 일어났던 기적이 생생히 떠올랐다. 다시 신들 앞에 선 기분이 들었다.

말로 형언할 수 없는 괴이한 느낌이 몸을 휘감았다.

'여긴 어디지?'

미국 브로드웨이 대극장인가, 아니면 사후 세계의 무대 위인가.

이곳이 어디든 상관없었다.

중요한 건 그가 올릴 공연이 〈햄릿〉이란 것뿐.

각색된 셰익스피어의 〈햄릿〉은 '햄릿'의 독백으로 시작돼 과거로 돌아간다.

천천히, 이도원의 입술이 열렸다.

"죽느냐 사느냐, 그것이 문제로다."

묵직한 목소리가 장내를 꽉 채웠다.

순간 잊고 있던 기억 저편에서, 소리를 잃었던 시절 이상백과 나누었던 대화가 슬그머니 수면 위로 떠올랐다.

―배우가 뭔 줄 아느냐?

'예, 연기하는 사람이죠.'

―한자 뜻 말이다.

'제가 한자에 약해서.'

―광대 배, 광대 우.

이상백은 만면에 미소를 띠며 말했다.

―광대. 가면을 쓰고 다재다능한 재주로 남들을 울고 울리는 일이지.

죽음의 순간이 떠오르며 공포가 밀려들었다.

'그래. 나는 광대다.'

무대 위에선 그 무엇도 아니다.

〈햄릿〉을 연기하면 '햄릿'이 되고 〈오셀로〉를 연기하면 '오셀로'가 되는 광대다.

연극이 끝나고 어떤 일이 기다리고 있든 지금 이 순간을 즐긴다.

"어느 쪽이 더 사내다울까? 가혹한 운명의 화살을 받더라도 참고 견딜 것인가? 혹은 밀려드는 재앙과 싸울 것인가?"

이도원은 두려움과 맞섰다.

"죽어버려 잠든다. 그것뿐이겠지."

햄릿이 되어 죽음과 맞섰다.

"잠들어 육체가 받는 고통이 사라진다면, 그건 바라마지 않는 삶의 종말이다. 죽어, 잠을 잔다. 잠이 들면 꿈을 꾸겠지? 이승을 벗어나 영원히 잠들었을 때 어떤 꿈을 꿀 것인지 두렵다. 그러니 이 고해 같은 삶에 집착이 남는 것."

순간 이도원을 사로잡았던 이상한 기운이 씻은 듯 사라져 버렸다. 따라서 두려움도 함께 씻겨 내려갔다.

"아무도 본 적 없는 죽음의 영토. 한 번 발을 디디면 다시는 돌아올 수 없는 세계. 그것이 우리의 결심을 망설이게 하고 차라리 이 세상의 고난을 겪으며 살아가게 만든다."

관객들은 넋이 나간 듯 그를 주시하고 있었다.

객석의 공기가 무대로 빨려 들어갔다.

이도원은 날숨과 함께 대사를 뱉었다.

"그런 생각이 우리를 비겁한 존재로 만들고, 그런 생각이 붉고 생기 넘치던 기분을 창백하니 병들게 만들고, 혼신의 힘을 다해 계획한 일조차 덧없이 사라지게 한다."

한 호흡에 이어진 밀도 높은 대사는 관객의 귓속으로 똑똑히 박혀들었다.

독백이 끝나서야 이도원은 객석의 상황이 눈에 들어왔다.

'어머니.'

아들의 연기를 직접 본 어머니는 눈물을 흘렸다.

양옆에서 어머니의 손을 꼭 잡은 이다원과 차지은은 자랑스럽다는 표정을 짓고 있었다.

관객 모두가 박수갈채를 보냈다.

불이 꺼지고, 서서히 막이 닫혔다. 이제 오프닝이 시작됐을 뿐인데 이미 객석의 열기는 연극이 모두 끝난 듯했다.

막 뒤에서 이도원이 미소 지었다.

'나는 배우다.'

매일같이 단련하고 무대에 선다.

그는 스타도, 연예인도 아닌 배우(俳優)일 뿐이다.

『연기의 신』완결

작가 후기

연기의 신은 시나리오만 쓰던 제게 소설로는 첫 작품이었고, 그만큼 애정도 깊었습니다.

다만 연재 도중 영화판과는 다른 웹 소설의 트랜드를 공부하며 처음 기획 의도와 어긋나는 부분들이 발생했고, 적응해가는 과도기를 거쳐야 했습니다.

그런 가운데서도 많은 독자님들께서 즐겁게 읽어주셨기에, 작가 또한 연기의 신을 무사히 완결 지을 수 있었습니다.

지금 연재하고 있는 신작 〈기적의 연출〉에서는 보다 발전된 모습으로 독자님들께 또 다른 즐거움을 선사할 수 있도록 노력하겠습니다.

　길다면 길고 짧다면 짧았던 5개월. 그 모든 시간 애정을 주신 독자님들께 다시 한 번 감사를 전합니다.

서산화 올림.

초대형 24시 만화방

신간 100%, 샤워실, 흡연실, 수면실(침대석), 커플석, 세탁기 완비

■ 강북 노원역점 ■

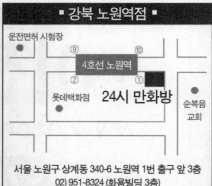

서울 노원구 상계동 340-6 노원역 1번 출구 앞 3층
02) 951-8324 (화용빌딩 3층)

■ 일산 정발산역점 ■

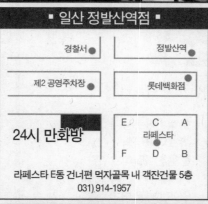

라페스타 E동 건너편 먹자골목 내 객잔건물 5층
031) 914-1957

■ 일산 화정역점 ■

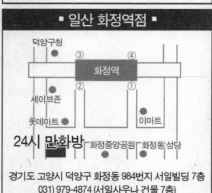

경기도 고양시 덕양구 화정동 984번지 서일빌딩 7층
031) 979-4874 (서일사우나 건물 7층)

■ 부천 역곡역점 ■

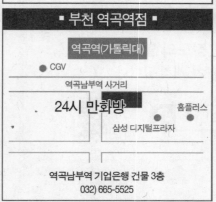

역곡남부역 기업은행 건물 3층
032) 665-5525

■ 부평역점 ■

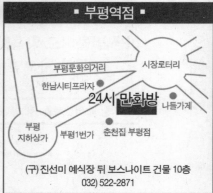

(구)진선미 예식장 뒤 보스나이트 건물 10층
032) 522-2871

이경영 판타지 장편소설

FANTASY FRONTIER SPIRIT

그라니트

용들의 땅

G R A N I T E

사고로 위장된 사건에 의해 동료를 모두 잃고 서로를 만나게 된 '치프'와 '데스디아'.
사건의 이면에 상식을 벗어난 음모가 있음을 알게 된 둘은
동료들의 죽음을 가슴에 새긴 채 각자의 고향으로 돌아간다.
2년 후, 뜻하지 않게 다시 만난 두 사람은 동료들의 복수를 위해
개척용역회사 '그라니트 용역'을 설립해 다시금 그 땅을 찾게 되는데……

용들이 지배하는 땅 그라니트!
그곳에서 펼쳐지는 고대로부터 이어지는 운명적 만남,
깊어지는 오해, 그리고 채워지는 상처.

『가즈 나이트』시리즈 이경영 작가의 미래형 판타지 신작!

Book Publishing CHUNGEORAM

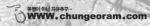
유행이 아님 자유추구 -
WWW.chungeoram.com

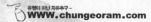

이계진입 리로디드

임경배 퓨전 판타지 소설

FUSION FANTASTIC STORY

『권왕전생』 임경배의 2015년 신작!

『이계진입 리로디드』

왕의 심장이 불타 사라질 때,
현세의 운명을 초월한 존재가 이 땅에 강림하리라!

폭군으로부터 이세계를 구원한 지구인 소년 성시한.
부와 명예, 아름다운 연인…
해피엔딩으로 이야기는 끝인 줄 알았건만
그 대가는 지구로의 무참한 추방이었다.
그리고 10년 후…….

"내가 돌아왔다! 이 개자식들아!"

한 번 세상을 구한 영웅의 이계 '재'진입 이야기!

Book Publishing CHUNGEORAM

유행이 아닌 자유추구 -
WWW.chungeoram.com

요람 新무협 판타지 소설

FANTASTIC ORIENTAL HEROES

魔刀

마도
진조휘

귀환병사의 요람 작가 신작!

십중팔구는 죽어나간다는 뢰주의 군영.
그곳에서 마도가 태어났다.

『마도 진조휘』

남들은 살고 싶어 몸부림칠 때 그는 복수심에 몸부림쳤다.

처절하게 울부짖다가 죽길 바랐지?
내가 뭐 때문에 십 년을 버텼는데!

황명에 의해 재림한 무의 말살의 시대.
그러나 진조휘를 막을 순 없다.

복수의 길, 그 끝에 서 있을 그림자를 향할 뿐!

박선우 장편소설
FUSION FANTASTIC STORY

멋진 인생

Wonderful Life

태어나며 손에 쥔 것이라고는 가난뿐.

그러나 내게는 온몸을 불사를 열정과
목숨처럼 소중한 사랑이 있었다.

『멋진 인생』

모두가 우러러보는 최고의 직장이자 가장 치열한 전쟁터,
천하그룹!

승진에 삶을 바친 야수들의 세계에서 우뚝 서게 되는
박강호의 치열하지만 낭만적인 이야기!

Book Publishing CHUNGEORAM

강준현 장편소설
FUSION FANTASTIC STORY
인생을 바꿔라
『복수의 길』, 『개척자』 강준현 작가의
2016년 신작!
자신이 무엇인지 알지 못하는 정신체, 염.
세상을 떠돌며 사람의 몸속으로 들어가
에너지를 얻고 나오길 반복하던 어느 날.
사고로 인한 하반신 마비, 애인의 이별 선언,
삶에 지쳐 자살하려는 김철의 몸에 들어가게 되는데…….
"뭐, 뭐야! 아직도 못 벗어났단 말이야?"
새로운 삶을 살리라,
정처 없이 떠돌던 그의 인생 개척이 시작된다!
"어떤 삶인지 궁금하다고? 그럼 한번 따라와 봐."
Book Publishing CHUNGEORAM
유행이 아닌 자유추구
WWW.chungeoram.com

궁극의 쉐프

Ultimate chef

가프 장편소설

FUSION FANTASTIC STORY

태초의 우물에서 찾은 사막의 기적.
사람의 식성과 식욕을 색으로 읽어내는 능력은
요리의 차원을 한 단계 드높인다.

『궁극의 쉐프』

요리란!
접시 위에 자신의 모든 것을 담아내는 것.

쉐프란!
그 요리에 자신의 가치를 증명하는 사람.

"요리 하나로 사람의 운명도 좌우할 수 있습니다."

혀를 위한 요리가 아닌, 마음을 돌보는 요리를 꿈꾸는
궁극의 쉐프 손장태의 여정이 시작된다!

Book Publishing CHUNGEORAM

유행이 아닌 자유추구 -
WWW.chungeoram.com

철순 장편소설

FUSION FANTASTIC STORY

괴물 포식자

지구 곳곳에 나타난 차원의 균열.
그것은 인류에게 종말을 고하는 신호탄이었다.

『괴물 포식자』

괴물을 먹어치우며 성장한 지구 최강의 사내, 신혁돈.
그는 자신의 힘을 두려워한 인류에 의해
인류의 배신자라는 낙인이 찍히고 죽게 되는데…

[잠식이 100%에 달했습니다.]
[히든 피스! 잠들어 있던 피닉스의 심장이 깨어납니다.]

불사의 괴물, 피닉스의 심장은
신혁돈을 15년 전으로 회귀하게 한다.

먹어라! 그리고 강해져라!
괴물 포식자 신혁돈의 전설이 시작된다!

Book Publishing CHUNGEORAM

유행이 아닌 자유추구 -
WWW. chungeoram.com